ローレンス・スターン 著
Laurence Sterne

センチメンタル・ジャーニー

Sentimental Journey

マテーシス 古典翻訳シリーズ I

高橋昌久 訳

風詠社

目次

凡例

一．本書は底本として Laurence Sterne, *A Sentimental Journey through France and Italy, by Mr. Yorick*, Penguin (Reissue Edition), Kindle Edition, 2001. を用いた。

二．表紙の装丁は川端美幸氏による。

三．読書の助けとして本書末尾に編集部が文末注を施した。

四．弊社の刊行物では外国語から日本語のカタカナに転写する際は、極力その国の現代語の発音に基づいて記載する方針を取っているが、古典ギリシアの文物に関しては著者の方針を優先し、再建音でカタカナ記載している。尚訳文本文に登場する物は可能な限り脚注にて現在の発音に基づいたカタカナでの発音を記載している。

五．「訳者序文」の前の文言は、訳者が挿入したものである。

六．本書は京緑社の Kindle 版第八版を底本とした。

Farewell, Monsieur Traveller: look you lisp and wear strange suits, disable all the benefits of your own country.

« As You Like It » William Shakespeare

それじゃあね、旅行者さん。舌足らずな発音に奇妙な服装していて、故郷の恩恵を脱ぎ捨てたみたいね。

『お気に召すまま』ウィリアム・シェイクスピア

訳者序文

スターンの『センチメンタル・ジャーニー』は動画に出させて頂いてお世話になったある文学YouTuberの方と食事している時に話題になったのがきっかけである。スターンには『トリストラム・シャンディ』という奇書はあるが、『センチメンタル』の方はあまり注目されておらず、訳もほとんど出ていないという旨だった。それで、翻訳一冊目として、私はこれを思い切って翻訳してみることとした。

本書は『トリストラム』のような捉え難い奇書というのでもない。ギミックはなく平易であり、多少慣れぬ知識はあるものの読み通すのにそこまで苦労はしないだろう。「ジャーニー」と題されているだけあり本書は紀行文に属するが、ある程度空想的なものも混ぜられ、それに文学的な風味添えられている。『トリストラム』では作者のユーモアセンスが遺憾なく発揮されていて、本書にもそういうセンスもところどころ見られるものの、どこか無常的で哀愁なものが散在している。「もののあはれ」とでも言えばいいのだろうか。

楽しくもあり悲しくもあり、どちらもそこまで前面には出そうとしない。『トリストラム』が世間に出て十年弱経過してから本作が出たのだが、「大人になった」スターンによる作品と言えるだろう。

第一巻

「こういったことは、フランス国の方がもっと命令するのに適していると思うのですがね」と私は言った。すると「フランスに行かれたことはあるので？」とある紳士方が言ったのを聞いたので、ふっと振り返ると礼儀正しくも傲慢さも大いにある様子で私に目線を投げかけていた。「なんて奇妙な！」そう私は胸中で議論するように発した。「ドーヴァーとカレー程の距離は確実にない、たった二十一マイルの航海でこんなに法律上の権利が変わるなんて」

「どうもこの目で確かめてみよう」という心で議論するのをやめて自分の宿に帰り、シャツ六枚と黒絹のズボン一着を荷物に詰めて、自分の袖を見ながら「私の着ているコートなら大丈夫だろう」と呟いた。そしてドーヴァー行きの馬車にのり、翌朝の九時の船に乗り、そして午後三時には確かにフランスで鳥のフリカッセ料理をディナーとして堪能していた。そしてその夜、消化不良が原因で世を去っていたならば、誰も外国人財産没収法の効力を停止することはできなかったであろう。私のシャツや黒絹のズボン、旅行カバンやその他全て、それらはフランスの国王様へと渡っていたはずだ。私が擦り切れるほど愛したあの小さな肖像画、君に伝えたように墓まで手放さないとしたあの絵、嗚呼エリザ！それも私の首から強引に引き裂かれていたんだ。なんと野蛮な！陛下の命によりフランスに赴いたというのに、不注意だったばかりに不幸に陥った乗客をなお苦しめるとは。もうほんと、こんなことってあり得ないでしょう。そして同じくらい私を苦しく胸を締めつけている原因は何かというと、この件に関しての正当性の申し立てをしなければならない相手というのは、国民が皆文化的で礼儀正しく、共感性もあり穏やかな心持ちをしていることで有名な国民の王だということですよ。しかもわたしは陛下の領土にやっと踏み入れたかどうか、という状態なのにですよ。

カレー（一）

夕食を終え、私は陛下の健康を祝して乾杯した。私は陛下になんら恨みを抱いておらず、むしろ彼の慈悲深い気性に高く敬意を払った。私自身もそれに満足した様子で乾杯した。この和解を心で示したことにより、どうも私は一インチほど身長が伸びた気がした。

「いや、違う」と私は言った。「ブルボン朝の民は、決して残忍な民族ではない。他の民族のように誤った行動をすることはあるだろうが、彼らの気質は、本当は穏やかなものだ」。そう心の中で認めると、私の頬が紅くふっくらと活気付くのを感じた。それはブルゴーニュ葡萄酒（私が今飲んでいた少なくともボトル二リーヴル）による効き目よりも、暖かく友愛的なものを感じさせるのだった。

「ああ！」と私は、旅行カバンを横に蹴って言った。「私たちの仲間との親愛の気持ちを残虐なものにするほどの、我々の精神をとげとげしくするようなものってなんだろう？」

もし人が別の人と穏やかな関係を築いているのなら、彼の手に握っている最も重い金貨でさえも、一枚の羽よりも軽く感じられることだろう！彼は自分の財布を取り出し、それを握り締めもせず高々と掲げ、周りを見回して、その金貨を誰か一緒に分け合える人を探すことだろう。そうしながら、わたしは自分の血管が膨らむのを感じた。動脈は皆一斉に嬉しそうに脈打ち、私の生命を支えるあらゆるエネルギーがほとんどなんの支障もなく私から発され、その私のエネルギーに満ちた活気を見れば、フランスで最も唯物論的な才媛をもドギマギさせたことだろう。いかに彼女が深遠な唯物論を持っていたところで、私がよもやただの物体などとは決して思うまい。

間違いない、彼女の信条は覆せたはずだ、と私は心中で言った。こういった考えが心に浮かぶことによって、私のその時の気分は極限まで高潮した。眼前に広がる世界に私の心はいかなる乱れもなく、そして私自身に対しても気持ちは完全に落ち着いた。フランスの国王が今の私と同じ状態なら、孤児が自分の父の旅行カバンを渡すのに絶好の機会なんだがなあと私は叫んだ。

托鉢僧（一）カレー

私が言葉を発したかしていないか、というところで貧しい身なりをしたフランシスコ会の修道士が部屋に入ってきて、何か彼の修道院のための喜捨を乞い始めた。誰も自分の徳を偶然に任せて発揮しようとは思わない、いやそれとも世には強者もいるのだからそういった事態でもなお徳を発揮する寛大な人間もいるのか？――されどかかる事態ではそのようなものは見出せない[1]――まあ在るというのならそれでも構わないさ、一人の気分の高揚と減退に筋の通るような論理なぞないのだからね。こういったことの原因は、同じような事柄、つまり潮の満ち引きと同じようなもんだろう。これが原因なのだ、と言われても有り得ないとは思うまい。少なくとも私自身にとっては「あいつは月とあまりに交わりすぎたんだ。罪も恥ずべきことでもないから仕方がないもんさ」ということを世間の人々が噂する方が、罪と恥を実際に持っている私が、それらが己の信条とその行動に起因するものだと受けとられるよりはまだマシというものだ。

しかしそれはそれとして、私がその托鉢僧に目線を投げかけたら、彼に一銭もやらないと無意識に決意してしまった。それ故、私は自分の財布をポケットに仕舞った。そしてポケットにボタンもかけて、気をより集中させて、相手を圧するような様子で彼に近づいた。どうも私の外観には何か人を怖がらせるものがあるみたいだった。このことがあった遥か後の今振り返ってみると、彼の実際の姿を目ではなく心で捉えていて、そこに思い浮かんだ彼の想像上の姿の方が実際の彼の姿よりも高潔さがあると思ってしまう。

托鉢僧は、彼の剃髪の乱れとこめかみに偏在している白髪だけが残っていることから察するに、七十歳くらいと見受けられた。しかし彼の目、そして生気を放つその有様、更にそれらが実際の年齢云々よりも慇懃な振る舞いからより活気づいていることを考慮に入れれば、六十には達していると考察してしまうだろう。実際の年齢はその間といったところだろう。六十五に私には見えた。そして彼の容貌の全体的な雰囲気は、皺が通常の人間よりも早く波立っているのは見受けられるものの、私の推測を正しいものと裏付けているようだ。

彼の顔は、画家グイド[2]がよく描いた一連の顔に似ている。穏健であり、どこか気力に欠けている。しかし物と人の本質を見抜く鋭さもあり、地上ばかりを見下ろしなんら思慮深さもないいっぱいのあのデブたちが抱くようなあらゆる卑俗な観念からは、完全に脱していることが鑑賞者に察せられる顔。その眼差しは前方を見ていた、しかしそれはこの世の更に向こう側を見ているようだった。フランシスコ会に属する彼がどうすればそういった顔つきができるようになったのか、それはその修道会の托鉢僧の肩にそういった天分を置いた、神様のみ知るものであろう。しかしこの顔付きはバラモン教の僧侶ならまだ似つかわしくもあり、インドのどこかの平原で彼と出会ったのなら、彼に畏敬の念を注いだことだろう。

あとは少々付け加えるだけで彼の外観は伝わるだろう。格好よくも悪くもなく、誰が彼の外観を説明しても同じような表現をしたことだろう。痩せ細っていて、身長は平均よりは高いだろうという具合（あまりに前に屈み込みすぎて本当はもっと高いのかもしれない。それが物乞いの基本姿勢なのだから）。しかし今は彼のことを思い出しながら、心で想像しながら描写しているのだが、どうも実際に見た当時の印象よりも高尚さが付随してくるように思えるのだった。

彼が部屋の中に三歩ほど入ってきたら、彼は周りに無関心なように立ち止まった。そして彼の左手を自分の胸に置いた（というのも右手には常に使用する細い白い杖を握っていた）。私が彼に近寄ると、彼は修道院と修道会の窮乏状態について短く語った。しかしその語り方は単純な美しさがあったのだが、私は彼の外観全体には不快の念を禁じ得なかった。その有様に私はなんら当時感動を覚えなかったのだから、よほど私は気が触れていたのかもしれない。いや、その原因の更に的確な理由は、絶対にこの男に一銭も払うものか、と決めていたからであろう。

托鉢僧（二）カレー

彼が現況の語りを終えて上を見ると私はこう答えた。「確かに仰る通りです。ええ、そうですとも。世間の人々の慈悲以外には頼るもののないこういった者たちに天が恵みを与えてくださいますように。何しろ、こういった途方もない要求は刻々と増えていくもので、それに応ずるための資本や物資は到底足りないものですからね」

途方もない要求、という言葉を私が発した時、彼はちらっと自分の衣の袖口の下に目をやった。彼が訴えんとせんがものに、私は全身でプレッシャーを感じた。いえ、大したものですな、と私は言った。「そのようなお粗末な衣装を着て苦行へと励むこと、その衣装すらも三年に一度くらいしか着ることができない、そしてお粗末な食事。そう言われても私は決して嘘だとは思いませんよ。そんなものはこの地球上ではちょっとした労力を払えば手に入れることのできるもんなのですが、本当にお気の毒に思われるのは、本来なら足が麻痺していたり、盲目であったり、稼げないほどの老人であったり、身体が不自由な人に本来分け与えられるべき財産を、あなたが得ようとすることをあなたの修道会が望んでいることです。戦争で捕まって以来の苦しい日々の数を何度も数え上げる捕虜もまた、その財貨を得ることを望むことでしょう。そしてあなたがフランシスコ会ではなく、何らかの慈善団体であったのならいくら私がケチで貧しくとも（そう私はカバンを指差しながら言葉を続けた）、あなたに財布の紐を開き財貨を喜んであげていたことでしょう。不幸な人を助け出すためにね」。私がこう述べると托鉢僧はお辞儀をした。更に私は言葉を続け「何よりもまず私の国であるアメリカ合衆国が、私の恵みを受ける第一の権利があります。そしてそのアメリカ合衆国にすら、多数のその恵みを受けなければならない人々がいるというわけです」。托鉢僧は同意を意味するような真摯な身振りを顔と共に示した、私たちの修道院内部だけでなく世界のあらゆる所にいくらでも困窮がある、と言わんばかりであった。「しかし我々は」、私は彼の袖口に手を置き彼の要求に関して再び話を戻した。「我々は、ああ神よ！パンを自分の労働で稼いで食べることを素朴に望む人々と、怠け者で知識もなく他の人間が本来食するべきパンを貪り食い、ただ神の愛のために存在する人々。こんなのが果たして有りうるべきものなのですかね？」

フランシスコ会の修道僧は無言のままだった。彼の頬にはさっと血の気っぽいものが浮かんだが、すぐに消えてしまった。生まれた時はあったであろう怒りも彼の過去の日々からすっかり萎んだようで、怒りらしきものを彼は何一つ示さなかった。しかし杖を手に握り、両手を諦めの念を示したかのように胸に押さえつけ、そのまま部屋から出て行った。

托鉢僧（三）カレー

彼が部屋のドアを閉めるやいなや、私の心に何かドキッとするものがあった。ちぇっ！ついうっかりそう言葉を吐いてしまった。でもやっぱりダメだ。私の発した先程の一言一言が、私の頭の中に押し戻ってきた。先程の出来事を反芻したが、結局私があの哀れなフランシスコ会の修道僧にできることといったら、彼の物乞いを断ることだった。彼の要求を拒絶すれば十分なのであって、何もあんな中傷めいたことを言う必要はなかったのではないか。彼の白髪を思い出した。あの物腰柔らかな様子で部屋に再び入ってきて、私にこれまた柔和に、私があなた様に一体何をしたというのです？と問うてくるような気がした。「私がとったとても不快な振る舞いに対する擁護の役割として、彼に二十リーヴル払ってもよい」。そう私が心の中で言った。しかしまだ私の旅は始まったばかりであり、こういった良識的な礼儀作法はこれから追々学んでいくことだろう。

じゃじゃ馬車カレー

人が自分自身に納得がいかない時、幸いにもそれには一つの利点がある。それは何かというと、ビジネスにおいて精神状態が有利に働くということだ。これからフランスからイタリアへと赴くまで馬車を使わざるを得ないので、更に自然はどうも我々を最も適切な方へと舵を取らせるみたいで、イタリアへと赴くための乗り物を買うか借りるかするために、私は馬車置き場へと出かけた。その置き場の奥の片隅にある古い「じゃじゃ馬車」を一目みるや否や気に入って、すぐにそれに乗り込んでみたら、これまた私の気持ちとうまくはまったので、給仕にホテルの主人であるデサン氏を呼ぶように指示した。しかしどうもデサン氏は夕べの祈りに出かけているみたいで、更に置き場の反対側で先程のフランシスコ会の僧が宿にやってきたばかりの婦人と話し合っているみたいだった。彼と顔を合わせるのは嫌だったので、タフタ製のカーテンで間を仕切り、前々から書こうとしていた旅行記を書くために、ペンとインキを取り出し、「じゃじゃ馬車」の中で序文を書き始めた。

序文　じゃじゃ馬車

自然がその絶対的な権威を以て、人間の抱く不満に上限を設定したということは、多くの逍遥学派[3]が観察したに違いない。自然はそれをとてもさりげなく単純な方法で行い、というのは、人に対して生まれ祖国において安楽を見出し、苦痛を耐え忍ぶしかないようなどうにもならぬ制限を加えたということである。故郷でのみ人々は幸福を授かるように、そして各個人の肩ではとても支えることができない古今東西見られる苦痛に耐えられるように自然は仕向けた。確かに我々は自然の仕向けた制限を超えるような幸福を飛翔させるような不完全な力を備えているといえばそうだが、しかし言語や人との結び付き、依存の必要性から、また、教育や伝統、習慣の違いから、自分の故郷から離れれば他人と感情を分かち合うだけで相当な困難が課せられていて、大抵ほぼ不可能なものとなる。

これらのことから感情的な取引の折り合いは、国を出た者にとって非常に当人に反し骨折れるものである。大抵大したものでなくとも相手の言い値で取引に応じねばならず、何か会話をしても、こちらの言葉の意味合いは大幅に簡略化されざるを得ない。そしてやがて、できるだけ自分にとって適した会話相手に相応しい仲買人と取引せざるを得ないと述べれば、何も天分を持った知性でなくとも相手がどのような者たちになるかは予測できよう。

ここで何より私の言いたいことが言える。そして旅行の動力因と目的因[4]について立ち入ることになる。走行中の「じゃじゃ馬車」の上下の揺れが邪魔しなければ、だが。

祖国を離れ、海外へと赴く一つまたは複数の原因は、次の通りかもしれない。

身体の虚弱性
頭脳の愚鈍性
それとも
不可避的な理由

前者二つは陸または海で旅行するものを含み、その原因は誇り、好奇心、虚栄あるいは恨み、更に無数に[5]分類できよう。

不可避的な理由で海外に赴くのは、遍歴の殉教者全体を含む。特に、聖職者にとって有益な観点から旅程を組む者、つまり治安判事の助言の下で政府が旅行を命じる非行者、あるいは青年の親や保護者の虐待からの保護を目的とした移送、あるいはオックスフォード、アベルディーンまたはグラスゴーによる助言に基づく政府の命令で旅行する者がそうである。

更にもう一つの四つ目の理由があるが、その数は非常に少なく、混乱を避けるため海外を旅する理由を極めて正確に挙げる必要がないのであれば、わざわざ別に分類する程のものでもない。そしてこの四つ目の人々というのは、色々な理由と様々な口実のために資金を節約するために、外国に渡り滞在する人々を指す。しかし、彼らが故郷にいたならば生じるであろう不要なトラブルを自分自身も他人も避けられるかも知れず、また出国する他の原因に比べれば単純なものであるから、こういった人たちを単純な旅行者とでも名づけるとしよう。というわけで、出国する旅行者は全体として以下の項目のように纏めることができるだろう。

無為な旅行者
好奇心旺盛な旅行者
仮面の旅行者
誇り高き旅行者
虚栄の旅行者
復讐の旅行者

それに更に

強制意志の旅行者
非行並びに重罪の旅行者

シンプルな旅行者
不幸で無実なる旅行者
そして何より（もしこう言っても宜しければ）
センチメンタル・トラベラー（要するに私のことである）

このセンチメンタル・トラベラーというのは、他の項目同様に必要からそして駆り立てられざるを得ないが故に旅行をする者である。

同時に、この種の旅行が他の分類に比べて異なったタイプの旅行とそこから得られる観察がこれまた異なった類のものになることを十分に承知している。というのも、センチメンタル・トラベラーというのは、完全に私自身のためにあるような分類だからである。しかしどちらかというと虚栄の旅行者の分類の下に置くべきであり、読者の注意をひとまずこの状態で私に惹きつけ、単に乗っている馬車の珍しさで読み手の気を惹き続けようとするのを頼らず、もっとまともな方法を見つけるまではこのままにしておくとしよう。

もし読者諸君が自身で旅行したことがあったのならば、考察と自己反芻に基づいて自己の分類とその級位を見出せるのではないかと思う。そうすれば己自身をより一層深く知ることができよう。これは実に奇妙なことだが、当の読者が今まで何を得て何を果たしたか、そのニュアンスや似たようなものを認識できる。

葡萄をブルゴーニュから喜望峰へと初めて移植させた男（その人はオランダ人かと思うのだが）は、よもや喜望峰でフランスの山と同じ種類の葡萄から醸造された葡萄酒を飲もうなどとは夢にも思わなかっただろう。彼はそれには頭が鈍すぎたのだが、それにしても喜望峰でならば何か葡萄酒っぽい液体を味わうだろうと期待していたに違いない。しかしその味が美味かろうが、不味かろうが、何とも思わなかろうが、少なくとも世界の摂理というものを十分に知ったであろう。つまり、彼自身が選びとったのではなく、一般的な呼称で「偶然」なるものが彼を成功へと導いたということを。しかし彼は理想を掴めるのだと、思っていたのだ。だが自分の精神の強固性と賢明性にあまりに過信を抱いていたこと、新たに運営している葡萄園で醸造された葡萄酒が彼のその両方の過信を圧服し、ついに彼は酔いが覚めた時裸体で横たわっていた自分を、当国の大衆に笑われながら発見したかもしれない。

それでもこういった偶然なるものは、知識と自己成長を求めてより国民が優しい国家に赴きそこを馬で周遊する、貧しい旅行者にとっても起こるものなのだ。

知識と自己成長は、そういった偶然性に遭遇するために外国を赴き周遊することによって得られる。しかしそれが有用な知識で本当に成長したと言えるものなのかどうかは、結局籤を引くようなものである。そして冒険者がうまく目的を成し遂げたとしても、それで得たものは慎重に思慮深く利益として昇華させなければならない。しかし知識の獲得にせよ、成長のための外国への適応にせよ、大抵は逆効果なのであり、私自身の意見としては、当人にとってできることなら外国の知識や外国生活に基づいた自己成長というのをせずに暮らした方が賢明かな、と思っている。特に祖国がどちらもいらないものだと考えている場合は。そして確かに、私が好奇心旺盛な旅行者が異国の景色や新たな発見を求めて堕ちていく様子を多数、長い時をかけて見てきたことを思い起こせば、胸が痛むものがあるのだ。サンチョ・パンサはドン・キホーテにあなたが話しかけているのは奥さんではなく乾いた靴ですぜ、といった具合に、異国の旅行者が見たのもこんな感じの見当違いなことかもしれないからである。今の時代はまさに光溢れている時代であり、ヨーロッパ諸国のどの国、どの場所もそれぞれの発する光が他のものと交差しないところはない。その構成要素として知識が最たるものだが、イタリアの路上の音楽のように、それに好奇心を向けてもほとんどの場合無料で楽しむことができる。しかし神がもたらした記録を参照すれば（いつか法廷に出廷した際のこの記述を弁護するために言うが）この地上でいかなる国も、いいかね、決して慢心の気持ちで言うのではないですぞ、この地上でいかなる国も、ここほど様々な学問を有しておらず、科学が適切に求められ、芸術が奨励されやがて自然では到底生み出せないような多大な天賦の才なる作品をもたらし、そして何よりこれほど心の糧になるものはない機知と多様な性格を持つものはない。だとしたら、我が同胞諸君、君たちはどこへ行くというのかね？

「我々はこの馬車を見ているだけでありまして」と彼らは言う。すると私は馬車から飛び出し帽子を脱ぎ「いえ、まことにどうも」と言った。彼らのうちの一人、好奇心旺盛な旅行者だと分かった、は「いやいや、なんで馬車がこんなに揺れているのかと思いましてね」と言ったが、「何、おそらく私が序文を書いているからでしょう」と乗客全員に冷静に述べた。別の人が、どうやらセンチメンタル・トラベラーみたいだが、「『じゃじゃ馬車』で書かれた序文なんて聞いたことがありませんよ」と述べた。まあ「顔合わせで書いた方がよかったでしょうな」と私は述べた。

英国人はわざわざ同じ英国人と出会うために旅をするのに非ず。私は自分の部屋へと戻った。

カレー（二）

私が部屋に戻るために廊下を歩いていると、私が原因でない何かが辺りを暗くした。それは実際、ホテルの主人ムシュー・デサンであり、夕べの祈りから戻ってきたばかりであり、腕には帽子を抱えていて、やたら愛想良く私の御用を伺っているようだった。「じゃじゃ馬車」についてはは今まで面白く十分に描写したと自負している。しかしムシュー・デサンは肩をすくめながら、あの馬車は私にとって居心地良いものではないと言わんばかりの様子をし、本来あのじゃじゃ馬車は元来「無実なる旅行者」か誰かが所有者で、帰宅した際にデサン氏の下に残し彼に任せたものだということがすぐに考えられた。ヨーロッパを巡る旅を終えてから、もう四ヶ月デサン氏の置き場でああやって留まっている。元々最初からあの馬車は単に見せ繕いだけで旅に使用されたものであり、スニ山[6]で二回ぶっ壊れたこともあったが、結局その旅の冒険で何か値するものをもたらしたわけでもなかった。しかしだからといって、デサン氏の馬車置き場でなんの関心も払われずに何ヶ月も放置されていていいというものでもあるまい。確かにあの馬車について取り立てて言及するべきものはないかもだが、かといって何か言うべきこともあるだろうし、その際にあの馬車の放置っぷりからまた誰かに必要だと思われるような言葉があるにも関わらず出し惜しみする男がいたのなら、私はそいつを憎むことだろう。

「私がこのホテルの主人だったら」と私は人差し指の先端をデサン氏の胸に当てながら言った。「あの不幸なじゃじゃ馬車を間違いなくさっさと処分するでしょうがね。というのもあなた様があれの前を通る度に、非難めいた動作をしていますのでね」

「これはまた!」とデサン氏は言った。「私には興味はとんとございませんね」。それに対して「自分以外への興味はね。そういう人も一定数いるもんですからね。相手を自分に対するのと同様な気持ちで接する人なら、雨の降る夜にあの馬になんら処置を取らないあなたを見て心萎れないことなぞないでしょうな。あなたがどう取り繕おうともね。デサン氏、あなたは機械が故障したように、魂も故障しているみたいですな」

いつも観察して気づいていたことだが、お世辞に甘み同様辛みも同じくらい含まれているのなら、英国人は呆然とし、それを間に受けるべきか、無視するかどうしようもなくなる。しかしフランス人だとそんなことは絶対にない。彼は私にお辞儀をした。

「まことに仰る通りです」と彼は言った。「しかしこういった場合、結局不安を払ったところで、また別の不安が起きるだけであり、より一層悪化するものです。お客様考えてみてください、パリへと半分も満たない距離でバラバラになるような馬車をあなた様に貸すことを。お客様ほどの方に恨まれるのか考えると、どれほど私が苦しんだことでしょうか。あなたのような機知に富んだ方にはお許しを願わなければなりません」

薬は正しく私の処方通りに調合された。だから結局そのまま飲み込むしかなく、そしてデサン氏にお辞儀を返すと、これ以上は会話を交わさずに馬車置き場へと赴いて馬車の一覧を見ることにした。

路上で　カレー

もし商取引で、買い手が売り手との意見がいつまでたっても一致せず、相手がハイド・パークでの決闘で口論のケリをつけようとするような考えを抱き、そういう目で取引相手を見つめるならば、世界は実に敵意に溢れているものと思わざるを得ない。私自身について言えば、剣の腕前はとても人に見せられたものではなく、ましてやデサン氏には到底敵う術もなく、置かれている状況は不慮の事故だと言わんばかりの反応を私の身体は示した。私は何度もデサン氏をひたすらに見た――彼が私と歩いている時は彼の横顔、そして真正面から見た。彼はあの強欲なユダヤ人に見え、そしたらトルコ人に見えた。彼の鬢にはとても嫌悪感を抱き、やつは悪魔にでも食われろという具合に呪った。

にしてもいくら私を出し抜いたところで、たかだか三か四ルイ・ドール[7]を払うだけのためにこんな気分を味わわなければならないとでもいうのか？全く醜い気性だ！誰しも癪に触った時はするように、私は振り向きながら言った。全く、醜い、荒々しい感情だ！汝の手が万人に害を加えようとするならば、万人もまた汝に同じことをするであろう。ああ、なんてこと！そう彼女は自分の手を己の額に当てて言った。というのも、私がくるりと振り向いたら先程托鉢僧と話していた婦人が目の前にいたからである。彼女は知らぬ間に我々の後をつけてきたみたいだ。ああ、本当になんてこと！そう私は言いながら彼女に私の手を差し出した。彼女は絹製の黒色の手袋をつけていて、それは親指と二本の人差し指だけが露わになっていた。そのため彼女は私の手を遠慮することなく受け取り、私は彼女を馬車置き場へと案内した。

デサン氏は置き場の扉を開けるための鍵を、誤ったのを持ってきたことを気づくのに五十回は「畜生」という具合に罵った。その際、我々も彼同様に動揺していた。私は扉の開いた先にあるのがとても待ち遠しく、自分でも気づかずに彼女の手を握っていた。デサン氏が、我々が手を握りあって馬車置き場の扉に目を向けたままの状態で、五分ほどで戻ってくると言ってここを去った。

こうして繰り広げられる五分程の会話は、顔を路上に向けていても五年ほど長く感じると言っても良い。顔が路上に向いていた場合、路上にある物体や出来事について話せば良い。しかし目の前に何もない場合、会話の内容を無理にでも自分で引き出す必要がある。デサン氏が去るや否や漂った沈黙は、とても致命的なもので彼女は間違いなくくるりと振り向いて去ったことだろうから、私は即座に会話を始めた。

しかしなぜ私は彼女と話したい誘惑に駆られたかは、その理由と同様に簡単にわかりやすく説明したいと思う（誘惑に駆られたのはこの旅行における私の精神が弱いことの弁明とかではなく、むしろ弱点そのものを知って欲しいからだ）。

馬置き場の扉（一）　カレー

私が読者諸君に何の躊躇いもなく「じゃじゃ馬車」から降り、その理由は托鉢僧がたった今宿に着いたばかりの婦人と会話しているのを見かけたからだ、と述べたが、それは確かに嘘ではなかった。しかし完全なる真実でもなかった。というのは慇ろに話をしていた婦人にもその外観と様子に気が引かれたからだ。ある疑念が私の脳裏をよぎり、私が彼に対して行った振る舞いをあの僧がその婦人に伝えているかもと思ったからだ。そう思うと何か不快の念が胸中に生じ、あんなやつ自分の属している修道院にでも引っ込んでいればいいのに、と思った。

知性よりも感情が人に優位を占めれば、判断においての随分な労力が避けられる。彼女はあのみすぼらしい僧なんかとは違った階級にいるということを確信していた。しかしその後は、彼女については忘れ、そのまま序文を書き続けた。

だが、私が通りで彼女と遭遇した時、その時の心境をふと思い出した。素直ながらも用心も兼ねたその手を差し出す動作、それは彼女の質のいい教育と感性を示すものだと私は考えた。そして彼女を案内していくにつれ、私は彼女に誰にでも気持ちよく応対するような立ち振る舞いを察し、私の精神全体に非常な落ち着きがもたらされた。

ああ！こうした女性を世界中案内して回れたらどれほどいいだろう！

私はまだ彼女の顔を見ていなかった。だから私の描く彼女の顔は推測上のものであった。というのも案内はすぐに行われ、馬車置き場の扉に到着する遥か前に、彼女の顔を「空想」が描き、まるで彼女がテヴェレ河[8]にでも飛び込んだかのように、彼女の善良さと調和するように「空想」が描きご満悦であった。しかし「空想」の女神よ、お前は実に快楽に堕した、そして人を快楽に堕させるアバズレだ。汝が我々に一日に七回、提供するその絵やイメージで我々を騙すのだが、それらはまた実に魅力的なものであり、まるで天使の光を浴びているかのようであり、とてもお前のような女神とおさらばすることなぞできないのだ。

馬車置き場の扉に到着した時、彼女は額にかざしていたその手を引っ込め、実際の顔を見ることができた。年齢としては二十六歳くらいだろう。透明な茶色をしたもので、紅や化粧粉とかは使わずに質素なやり方で化粧した顔だった。決して途方もない美人というのでもなかったが、私が想像していたものとは掛け離れていたわけでもない。だからより一層彼女の顔に惹かれた。実に興味深い。どこか未亡人的な様子があるようにも思え、もしそうなら夫と死別した際に味わった二回の悲嘆はすでに乗り越え、落ち着きを取り戻し、自分の今ある状況に譲歩して満足しているかのようだった。しかしその様子には他にも苦境をいくらでも味わったことからくるものがあるのかもしれない。一体彼女に何があったのか、「何がそなたを苦しめるのか。なぜにそなたの心は動揺し、知性が錯乱しているのか」を聞かんとせんばかりであった（かのエズラ[9]の時代にあったような気品のある口調だったならば、だが）。ざっくり言えば、彼女に慈悲心を抱いた。そして何か具体的な奉仕ではないだろうが、少なくとも多少は慇懃に振る舞おうと決心した。

以上が私の誘惑であった――こういったことを実行に移そうとして、彼女の手を私の手で握りながら二人取り残されていて、必要以上に馬車置き場の扉に近づいて、顔をそこに向けていた。

馬車置き場の扉（二）　カレー

「美しいお嬢様」、そう私は彼女の手をそっと上げながら切り出した、「これは運命なるものの気まぐれな行いでしょうな。お互い全然知らないのに手を取って、しかも異なる性同士で、しかも恐らく出身国も全然違うもの同士で、そんな二人がこんなに心地よい状態で一緒にいるなんて。こんなの「友情」なる神が一月かけて計画したところでとてもできたことではありませんね」

「しかし、ムシュー、あなたがそんなことにこんなに思い巡らしているなんて、その『運命』の女神の行いはさぞやあなたを困らせたことでしょう」

人がその状況を望んでいるのに、当の状況においてなんでこんな状況に当人が置かれているかを考えることほど場違いなものはあるまい。彼女は続けた。「あなたは『運命』なる女神に感謝しておりますが、それにはもっともな理由がおありなのでしょう。あなたの心はそれを承知していて、満足もしているのでしょう。英国の哲学者でもない限り、貴方の判断をひっくり返そうなどとは思わないことでしょう？」

こう言いながら、彼女は私の手を離したのだが、それには先程の言葉の具体的な意味合いが含まれているようだった。

もっと重大な事態でもこれほどの心痛を抱かなかったことを伝えれば、私の心の弱さを読み手に示すことになり、読者諸君はそれを哀れに思われよう。彼女が私の手を離したことは死んでもおかしくないような苦しみを私にもたらし、その苦しみに対して油や葡萄酒を注いでも無駄だった。これほどおずおずした劣等感を私の今までの人生で感じたことはなかった。

真の女性の気性の持ち主なら、こういった私が抱いた不愉快感に対して勝ち誇った気持ちを長く抱き続けられまい。ほんの数秒したら、彼女の返答の残り全部を私に示すかのように、私のコートの袖口に手を置いた。そしていつの間にやら、私は再び冷静さを取り戻した。

彼女に他に何か付け加えるような振る舞いもなかったのである。

彼女の今の反応と道徳性を鑑み、更に彼女が私の想像した性格とは違っていることも考慮に入れ、私は彼女とまた違った話題を振ろうと試みた。しかし彼女が私に対して顔を向けたら、先程の反応に見られた精神性は見られなかった。筋肉は緩み、初めて私が彼女を見た時に惹きつけたあの無防備な困窮状態と同じものを見てとった――なんたる憂鬱さ！このような悲嘆が先程の溌剌さを餌食にするなんて！私は心から彼女を憐れんだ。そして鈍重な心の持ち主にはひどく馬鹿げたことと思われようが、彼女を私の腕に引き込み、抱いたことだろう。そして人目につく路上に今いるが、決して赤面しなかったであろう。

私の指の静脈の拍動がそのまま握っている彼女のそれにそのまま伝わり、そうして私が今どのような気持ちでいるかが伝わっただろう。彼女は下を見た、そしてしばらく沈黙が続いた。

その間に私は知らずに彼女の手を少し強く握りしめ過ぎたかもしれない。というのも私の掌から、彼女の自分の掌を引っ込めようという微かな気配（といっても実際に引っ込めたわけではない）を感じたからだ。そして理性よりも本能がこういった危機への最後の手段として優位に働かなかったら、間違いなく私は彼女の手を離していたであろう。その最後の手段とはいつでも自分で手を離せるように、彼女の手を握りしめるのをより緩くしたという方法である。そのため、彼女はデサン氏が戻ってくるまで、手を握りしめたままでいた。その間私は、もしあの托鉢僧が彼女に私のとった僧への振る舞いについて言及していたら、間違いなく彼女は私に対して不愉快の念を抱いているはずで、その念をどうやって融和させるのかについて考察を巡らせていた。

タバコ入れ　カレー

先程の托鉢僧のことを考えていたら、その温和な老僧が我々から六歩ほど離れたところにいた。そしてそわそわしたように我々に近づいて、我々の間に入っていいものか迷っているかのようだった。しかし私たちのところまでやってくると、彼は立ち止まり、率直さでいっぱいだった。そして彼の手には角製のタバコ入れがあり、それを私に対して差し出した。「これが私がいつも吸っているやつですよ」。そう言って私は自分のタバコ入れ（小さいべっ甲製であった）を取り出し、彼の手に渡した。「とても美味しいですね」と僧は答えた。「ならばお願いなのですが」私は返答した。「どうぞ私のタバコ入れを貰ってください。そしてそこからタバコを一本取り出して吸うごとに、それは貴方に意図的ではないとはいえ無礼な振る舞いを行ったことに対する償いであることを思い出していただきたい」

哀れな僧は、緋色といっても過言ではないほどに顔が真っ赤に染まった。「とんでもない！」と彼は両手をお互い握りながら言った。「貴方は私に無礼な振る舞いなぞなさったことはありませんよ」。「私もこの方が無礼な振る舞いをするなどとは思えませんね」彼女もまた言った。今度は私が赤面した。しかし、赤面した理由の分析は僅かなもの好きな人々に委ねるとしよう。「いえそんなことはありません、マダム」と私は彼女に言った。「私は彼に実に厚顔無礼な振る舞いをしたのですよ、特に理由もないのにね」。「そんなことあり得ませんわ」と婦人が述べた。「ああ！」のぼせあがった僧侶らしからぬ様子で彼は言った。「私が悪いのです、私があまりに無思慮な行動をしてしまったのです」。婦人はそれに反対の意を示し、更に私は彼女に対して、これほど自制心を持ち合わせている彼が誰かに攻撃するなどあり得ないと述べた。

私は今まで論争というものが、これほど甘美で心地よいものになろうとは夢にも思っていなかった。私たちは黙ったが、何も言葉を発さずに相手の顔を見るような、あの馬鹿げた居心地悪さというのは感じられなかった。この間、僧は自分の角製のタバコ入れを取り出し、自分のチュニックの袖口でそれを擦った。そして汚れが取れ少しツヤが現れるや否や、彼は深くお辞儀し、こう述べた。「こんな論争が起きるのは我々の弱さゆえか、それとも強さゆえかというのはタイミングを逃したものではあるでしょう。しかしともあれ、宜しければお互いのタバコ入れを交換致しましょう」。そしてタバコ入れを私に片手で差し出し、その一方もう一つの手で私のタバコ入れを貰っていった。そしてそれに接吻をし、善意に溢れながら、それを彼の胸の中に仕舞った。そして去っていった。

私は今しがたもらった彼のタバコ入れを見つめ、何かより良い目的を達するための精神の助けとなる宗教的な道具として捉えた。実際、私が海外に行く時、このタバコ入れを持たずに出立することは滅多にない。そして元来の持ち主のあの精神性を頻繁に思い出し、あくどい浮世の世の中で、私自身も自制心を保つように心がけている。これは後で知ったことだが、彼もまたこの浮世で四苦八苦した人物であり、彼が四十五歳になったあたりに軍の服役での活躍に対して不当とも言える少ない報いしか払われず、恋愛関係においても失意の念を抱いた。そして、軍と恋両方から身を退き、聖域と言ってもいい場所に隠遁したのであった。修道院もそうだが、何よりも自分自身という場所に。

今回の事件の後日談を描こうとすると心が痛むが、とにかく書こうと思う。先程カレーを通ってロレンゾ師を訪問しようと再び旅に出立したのだが、聞くと彼は三ヶ月ほど前に死去し、修道院にではなく、彼の望みによって二マイル離れた修道院の小さな墓地に埋葬された。私は彼がどこに埋葬されたのかを見るのを強く望んだ。その墓のそばで、そこに葬送された人物の小さな角製のタバコ入れを取り出し、本来生えてないはずのイラクサを一、二本抜いた。すると不意に私の心は強く打たれ、涙いっぱい思わず流してしまった。実に女々しいと思われるかもしれないが、読者諸君よ、どうか笑わずに、私を憐れんでくれ給え。

馬車置き場の扉

この間、私はずっと婦人の手を握っていた。あまりに長く手を握っていたので、彼女の手を軽く私の接吻せずに離すのは逆に不躾だと思った。接吻すると、彼女から喪失していた血の気と精神が、再び彼女に戻った。

先程馬車置き場で私に話しかけた二人の旅人がこの重大な瞬間にたまたま通りかかって、私と婦人とのやりとりを見て、少なくとも私と彼女は夫婦だと自然に思ったみたいだった。そして彼が馬車置き場の扉に来るや否やすぐに立ち止まり、片方が、彼は好奇心の旅人だったが、明日パリへと発たれるのですか、と訊いた。「私自身に限っていえばそうですが」と私は返答した。そして婦人は「私はアミアンへと赴きます」と述べた。「私たちは昨日そこで食事を取ったのですよ」と単純な旅行者が述べた。「パリへと向かえば、その途中でアミアンに到着しますよ」ともう一人が述べた。その情報に喜びに満ちてお礼を述べようとしたが、一服しようとあの僧の小さな角製のタバコ入れを取り出したら、私は静かにお辞儀をするにとどまり、そちらもドーヴァーまで無事に辿り着くといいですねと言った。そして彼らはそのまま去っていった。

それで、こういった場合、パリへの道のりの半分ほど、困った彼女が私の馬車に同行するのをお願いしてもなんの差し障りがあろうと自問自答した。何か大きな災厄が起きるわけでもあるまい。

私の醜い感情や不潔な性癖が、警鐘を鳴らし始め、以下の反対意見を私に唱え始めた。「貪欲」がじゃあ馬をもう一頭必要になりますぜ、更に二十リーヴル払うとでも言うのですかい。「用心」が今度は言った、彼女の具体的な人物像を知らないじゃありませんか、或いは「臆病」がどんな目に遭うかわかったもんじゃないよって、と囁いた。

更に「分別」がヨーリック！貴方が情婦と駆け落ちしてそのためにカレーへと出立したと世間の人々は言いますよ。間違いありません。

もう世間にそちらの顔を出すことはできませんねぇ、これは。そう「偽善」は叫んだ、そして「卑屈」が教会かどこかでの出世も覚束ないで候と述べ、「自負心」があーあ惨めな受録聖職者で人生終わっちまうな、と述べた。

しかしこれは礼にかなったことなんだ、と「私」は述べた。私は基本最初の思い浮かんだ衝動に従って行動するのが常であり、こういったなんの役に立たない、行動を縛るだけのウザったい心の囁きなど滅多に耳を貸さない。そして私は即座に婦人の方に顔を向けた。

しかし私がこうやって心中で葛藤している間にいつの間にやら彼女は私から離れていて、決心がついた頃には十歩ほど離れていた。そして大股で彼女の後を追いかけ、私は先程の決心をできる限り丁重に実行しようと思った。しかし彼女は自分の掌を自分の頬に当て、目を伏せゆっくりと半ば思考を巡らせながら歩を進め、その一歩一歩が私を、彼女は私と同じことを考えているのだと思わせた。神よ、彼女を助け給え！と私は発し、こういったケースでは私同様彼女も、義母とか偽善的なおば、或いは馬鹿な老女に相談しなければならないのだろう。その思案を邪魔しないようにし、彼女の最終的な決心を驚きを以てではなく丁重に答えた方がより慇懃だと思い、くるりと向きを変えて、馬車置き場の扉の前を少しぶらつき、彼女を思案させるがままにした。

路上にて（一）　カレー

初めて婦人を見た時「この人物は上流階級に属する人間だ」と思ったが、それに加え「彼女は未亡人であり、結構悲惨な状態に陥っている」ということもまた確信した。そしてそれ以上、彼女の情況については考察しなかった。彼女との馴れ初めは十分に楽しく、もし彼女が深夜まで私の腕の近くに居てくれたのなら、私の考察についてはなんら疑念を抱かず、そのままの像で彼女を捉え続けただろう。

彼女が二十歩近く離れるのを見ただけで、私は更に彼女について深く知りたいと思った。というのは今ある距離以上に離れ、ついには彼女とは二度と会わないおそれもあったからだ。心というのは抱いている情念は留めようとするものだ。そして彼女と別れたらもう一度再会できるための、何らかの連絡手段がほしかった。要は、彼女の名前、姓、現況について知りたかったのだ。そして彼女がどこに行くのかわかっていたので、彼女が一体どこから来たのかを知りたかった。しかしそれを知るための手がかりらしきものは何もなかった。それを問いただそうにも細々とした配慮や遠慮が必要だからだ。そのため違う方法を試みようとした。まさか直接「どこから来たのですか」などと男が女に聞くことなどできようはずもない。

その時小柄な愛想良さげな陸軍大尉が路上で我々の方にやってきて、そんなことほどこの世で簡単なことはない、と言わんばかりの動作をしてくれた。婦人が馬車置き場のドアに戻ろうとした瞬間に我々の間に割って入って、まず私に自己紹介して、まだこちらの自己紹介が終わっていないのに今度はぜひ彼女に私を紹介してくれないか、ということを懇願した。私はまだ自己紹介が終わっていなかったが、彼女の方を向いて、「パリから来られたので？」と何事もなかったかのように聞いた。「いいえ、私はこれからそちらへ向かいますの」と彼女は答えた。「ロンドンから来られたのではないのですか？」と陸軍大尉。「いいえ」と彼女。「どうもフランドルの方とお見受けしますが」と大尉。「ええ、おっしゃる通り」と彼女。「ではリール[10]の方？」と彼は付け加えた。「いえ、リールではないです」。「じゃあアラス[11]？カンブレ[12]？ヘント[13]？ブリュッセル？」彼女はこれに対して「ブリュッセルです」と答えた。

先ごろの戦争でブリュッセルの砲撃作戦において参加する栄光を担いました。その作戦の遂行において[14]、ブリュッセルは実に恰好の位置にありまして、プロイセン軍がフランス軍によって追い払われた際（婦人は軽く会釈した）には貴族がたくさん居残っていました。このように語って、彼がどのように活躍したかも紹介した後、ぜひ彼女の名前を受け賜りたく、お辞儀をした。

「ご婦人はご結婚なさっているので？」と彼は聞き、二歩ばかり歩みかけてから振り向いた。そして彼女が答えるのを待たず、軽やかに道路を降りていった。

こういった作法を七年間修行しようとも、これほどの器量を身につけることはできなかっただろう。

馬車置き場（一）　カレー

小柄なフランス陸軍大尉が去ってから、デサン氏が置き場用の鍵を手に持ってやって来た。そして我々をその中へと入れた。彼がドアを開けるや否や、まず私が印象に残ったのは、古く傷んだ様子のもう一台の「じゃじゃ馬車」だった。ほんの一時間前に駐車場で見たあの「じゃじゃ馬車」とあまりにもそっくりだったが、まさしくその姿が私の中に不愉快な気持ちを湧き上がらせた。このようなものを作り上げようと考えた奴こそ、とんでもないクズ野郎だとまず思ったが、これを使用とする人間にも容赦しようとは思えなかった。

婦人もまた同様にこの馬車を見て嫌悪感を抱いているのが見てとれた。そこでデサン氏は二台並んでいる馬車のところへ私たちを案内して、その二台は貴族のAとBが大陸旅行に赴くために購入されたが、結局パリに滞留したままなので新品同様だという具合に推薦した。しかしこれらはあまりに分不相応な気がしたので、その後ろにあった、三台目へと歩みその値段について取引交渉を直ちに始めた。「でもこれじゃあ二人は乗れないかな」とドアを開いて乗ってみると私は言った。「どうぞご婦人もお乗せくださいませ」とデサン氏はいい、彼女を乗せるために手を差し出した。婦人は半秒ほど躊躇して、馬車に乗った。その時給侍がデサン氏に話したいと合図をしてきた。デサン氏が私たちをその馬車に乗せたままドアを閉じて、二人っきりになった。

馬車置き場（二）　カレー

「なーんと可笑しいこと！なんと滑稽なこと！」と婦人は微笑みながら述べ、ひょんな偶然から私たちが再び二人だけで取り残されていたのを思い、「なんと可笑しいこと！」と彼女は述べた。

「これこそが、フランス人が女性の方に求愛し、次は結婚に至ろうとする時にとるけったいな慇懃さですよ」と私は言った。

「それこそが彼らの長所なのですね」と婦人は返答した。

「世間ではそう思われているみたいですね、なんでそう思われるようになったかは知りませんがね」と私は続けた。「しかし確かに、フランス人は恋愛にかけては他のどの国よりも飲み込みが早く、実際の行動も巧みなのは確かですね。しかし実際のところは、フランス人は正道から外れて不器用でいる民族で、恋矢を放つことにかけてこれほど下手くそでキューピッドをイライラさせるような民族はいないと思うのですよ」

「その場の気分で求愛するなんて！残りもので上品な服を仕立てようとするようなもんですよ。そんな感じで突然求愛し、結婚まで申し込むなんて、冷静な女性の方はその男を吟味し、長所短所を炙り出すだけじゃありませんかね？」

婦人は何も言わず、まるで私が続けるのを待っているかのようだった。

手を彼女のそれへと置いて、私は続けた。「考えてみてくださいよ、お嬢様。厳粛な男は、己の名を穢さないために恋なんて忌み嫌います。逆に利己的な男は自己への不利益を避けるために恋をやはり忌み嫌います。偽善者は神様を恐れて、ね。若き人も老いた人も、世間の取り沙汰よりも十倍も恋を恐れます。こういった恋の駆け引きで人はどれほどその手法を知りたがっているかは、その人を見ればわかります。何か恋の言葉が唇から相手に伝われば、少なくとも一、二時間は、当の相手と気まずい沈黙で苦しみ悶えるでしょう。ちょっとした静かな注意、それは相手を警戒させるのでも漠然としすぎて気づかないものでもないような注意、そして時折見せる優しさ、そして注意に伴う僅かな言葉、これだけで相手はこちらの意図に気づき、彼女もまたその気になるのです。

するとと婦人は「ならば謹んで申し上げますが、あなたは私に対してずっと求愛してらっしゃったのでございましょう」

馬車置き場（三）　カレー

デサン氏は戻ってきて、我々を馬車から降ろした。そして婦人に対して彼女の弟L伯爵がホテルにたった今着いたと報せた。私は彼女に対して尽きることのない善意を抱いてはいたが、この出来事に愉快さを覚えたとは言い難かった。そして思わずこう言い出さずにはいられなかった「お嬢様、こう言っては憚られますが、お誘いしたいことが……」

「何をお誘いになろうとなさるのか、言わなくてもよくてよ」と彼女は手を私の上に置いて遮るように言った。「男性の方が何か女性に親切なお誘いがある時、どうもその気配を事前に察知する能力があるみたいですわ」

「突発的な事態に対応し身を守るため自然が授けた能力なのですよ」

すると彼女は私の顔を見つめながら、

「しかし今回の場合、何も危険なものは感じられませんね。そして率直に申し上げると、あなたのお誘いを受けるつもりでいましたの。もしお受けしたら（彼女はここで一呼吸おいた）、あなたのご好意に甘えて私の身の上話をすることでしょう。そしてその話に貴方の憐憫の念を湧き起こすことだけが、唯一この旅行において起こりうる危険なことになることでしょう」

彼女はこう言い、私に手を二回接吻するのを許し、懸念の混ざった繊細な感情を顔に見せながら、彼女は馬車から出た。そしてさようなら、と別れを告げた。

路上にて（二）　カレー

十二ギニーの取引をこんなに手っ取り早く片付けたことは私の人生で一度もない。彼女が私から離れて以来、時がどうにも遅く感じられ、実感よりも二倍の遅さで時が流れていることに気づいたので、私も動き出した。直ちに馬車を用意し、ホテルに向かって歩いた。

おやおや！と街の時計の鐘が四時を報せるのを聞き、まだカレーにきてからほんの一時間しか経っていないことに気づいた。

何にでも興味を持つような好奇心溢れる人間にとってはこんな短い期間でもどれほど目新しい出来事に出会えるだろう。旅行の途上において時間と機会がどれ程あるのかの知性を持ち合わせていれば、手に触れるもの全てに目新しさを覚えることだろう。

こういった人なら、例え何も実を結ばずとも、次回には何かをもたらすことだろう。だから気にすることはない。これは人間というものに対する試練なのだ。例え何も得られずとも、その際の労力それ自体が報酬なのだ。経験の喜びが私の感性を保ち、血も活気だったままにし、汚れた部分を浄化させるのだから。

ダンからベエル・シェバまで旅した末、[15]「全部不毛だ。実に不毛だ」と言うような人物を私は憐れむ。恵んでいる果実になんら喜びを見出さない人間は、世界のあらゆるものが不毛なのだろう。手を嬉しげに叩きながら言った。「はっきり言うが、私が砂漠にいようとも、何か好奇心を抱かせるようなものを見出すことができるだろう。それができないと言うのなら、美しいギンバイカの何本かや、侘しい糸杉でも見出そう。私はその木陰を求め、私を憩ってくれるその様に感謝の意を示そう。それらに私の名前を彫って、それらがその砂漠において最も愛おしい植物だということを誓おう。もしそれらの葉っぱが枯れるようなことがあれば、私は自身にそれを嘆き悲しむよう訓戒し、逆にそれらが喜んだのなら、私もまた共に喜ぼう」

博識あるスメルファンガスはブローニュからパリへ、そしてパリからローマへと旅し続けた。しかし脾臓と黄疸を患っていたため、途上で見たもの全てが、実際の色と姿が異なっていた。それらに関して記述したが、それは単に彼の哀れな心情を綴ったものに過ぎなかった。

私はパンテオンの大玄関で、スメルファンガスと出会った。彼は今しがた見物が終わったばかりのようであった。「これはただのでかい闘鶏場にしか過ぎませんな」と彼は言った。それに対して私は「メディチのヴィーナスについてはそれ以上ひどく言ってほしくなかったもんですな」と述べた。というのも彼がフィレンツェを経由する際、そのヴィーナスについて酷く攻撃して、その像には何の罪もないのに、下らぬ娼婦よりもなおひどい存在であるかのように取り扱ったという話を聞いたからである。

トリノで更にスメルファンガスと出会ったのだが、今度は彼の身内話、それも悲しい経験話を聞かされた。「お互い食い合う人食い族についての、海や陸での出来事について」だった。彼は生きたまま皮を引き剥がされ、残虐な取扱を受け、聖バルトロメオスよりもひどい目に遭い続けたそうである。

私はこれを世の人々に伝えるつもりです、と彼は叫びながら言った。「私としてはむしろ」と私は述べた。「医師にまず伝えた方がよろしいかと」

莫大な財産を持っていたマンダンガスは、大陸を一周した。ローマからナポリへ、ナポリからヴェネツィアへ、ヴェネツィアからウィーンへ、ドレスデンへ、ベルリンへ、と旅したが、何か聞くに値するような人々との温かい交流や楽しい出来事があったわけでもなかった。彼はただ目的地につくことを第一に旅し続け、旅の左も右も見ず寄り道もせずに、まるで「愛」や「憐憫」が彼の旅程から引き離そうと誘惑しているのを避けているかのようだった。

彼らに平安あれ！もし平安というものを見出せたのならば、だが。彼らが仮に天へと到着したからといって、彼らはそこに一体何を見出せるというのか。彼らの到着を歓迎するために、愛の翼にのせた優しき魂が出迎えようとも、彼らは眉ひとつ動かすまい。喜びに満ちたアンセム、愛の陶酔、全ての者に授けた祝福、こういった輝きに満ちたことをスメルファンガスやマンダンガスが聞こうとも、実質的には何も聞いていないも同然なのだろう。心から彼らを私は憐れむ。彼らはこういったことを享受するための能力など何も持ち合わせていないのだ。天国において最も幸福な住処に彼らが住むことになろうとも、とても彼らは幸福なぞを味わうことなく、むしろ永劫に償いの苦行をし続けることになるだろう。

モントルイユ[16]（一）

私は一度馬車の後ろにカバンを誤って落とし、その際すぐにカバンを拾い御者がカバンを馬車にしっかりと紐つけるために、雨の中に二回出て、そのうちの一回は泥の中に入り膝まで泥がつく始末だったが、どうも何かが私に足りない気がしていた。そしてモントルイユにたどり着いてようやく、地主が召使いはご入用でしょうかと聞いて、それこそが私に足りないものだということに気づいた。

召使い！「悲しいことに確かに今私には召使いがいないです」と私は言った。「というのも、貴方様」と地主は言った。「英国人に仕えるのをとても誇りに思っている利口な若者がいるのですよ」。しかしなんでまた他の国よりも、英国人の方に仕えたいと思うのだろうか。「英国人は寛大ですからね」と地主は言った。「こりゃあ今晩チップとして一リーヴル払わなかったら、殺されるだろうな」私は心中つぶやいた。「英国人はとても十分な金をお持ちですからね」と地主は付け足した。「これで更に一リーヴルか」と私。「しかし昨晩」地主はこう言った。「英国のお客様が、部屋の給侍の娘に一エキュ払っていただいたんですよ」、そして「ジャナトン嬢にとっては残念なことですな」と私は言った。

このジャナトンというのは地主の娘であり、フランスでは私は若者に分類されると地主は考えた上で、それは残念という表現は不適切で正しくはそれはよかったというのが適切な表現だということを私に伝えた。「何か得になりそうな時は常に、それはよかったですよ、ムシュー。逆にそれは残念、というのは何も得られそうもない時に使います」

私は「どっちにしたって同じことではありませんか」と言った。

「失礼ですが」、と地主は言った。「それはよかったと残念はフランスで会話を進めていく上でとても重要な表現なので、外国から来られた方はパリに到着する前に正しくこれらを使用できるようにした方がよろしいかと存じます。このことを貴方様にお伝えするまたとない機会と考え、お伝え申し上げます」

あるせっかちなフランスの侯爵が、英国の大使による宴の席でH氏に尋ねた。「貴方はあの詩人のHさんではございませんか」。「いえ」とHは穏便に否定した。「残念」と侯爵は言った。別の誰かが彼は歴史家のHですよ、と伝えた。すると侯爵は「それはよかった」と答えた。すると非常に気立てのいいH氏は、どちらの反応にも感謝の念を示した。

彼がこのように私の言葉遣いを正したと見たら、彼はラ・フルール、先程の彼が話していた召使いの名前だったが、を呼んだ。そして、彼の長けていることに関してはあれこれ言うのはやめましょう、貴方様自身が判断してくだされればと思います、とまず述べた。しかしこのラ・フルールの誠実さについて言えば、果たすべき責任について全て果たすほどのものはあるのを保証いたしますよ。

召使いのこのような彼の紹介の仕方を見受けたら、私が目下片付けるべき用件について考え始めた。そうとも知らず、かのラ・フルールは自然の子なら皆持っているワクワクするような気持ちで部屋に入ってきた。

モントルイユ（二）

私はどんな人間にも、一目見て惚れ込んでしまう性向を持っている。誰かみすぼらしい人間が、こんなみすぼらしい人間で良ければという具合に奉仕しようとする姿を見た時ほど私が惚れ込んでしまうことはない。そして私はこういった弱さを自覚しているのだから、そういった際は私の判断力が幾分か鈍ってしまうものなのだ。判断力の鈍る度合いは、私のその時の気分と状況次第だが、更にもう一つ、私が給侍を受ける人にも依る。

ラ・フルールが部屋に入ってきたら、できるだけ期待を寄せないつもりではいたが、この男の誠実そうな外観と様子を見て、彼を雇おうと即断した。そしてまずは彼を雇い、彼が具体的に何ができるか、と考察してみた。しかしそれは追々これからわかっていくことだろう。それにフランス人ときたら何でもやってくれるのだから。

ところがこのラ・フルールときたら太鼓を叩くことと横笛で行進曲を一つ二つ演奏すること以外には何もできなかった。私はこうした彼の能力だけでなんとかかんとかやってくしかなかったが、今回ほど私の判断力が知性的な観点から見て、ひどいもんだと思ったことはなかった。

ラ・フルールはほとんどのフランス人同様に、まだ大して年をとっていないのに働きに出て、軍人として数年働いた。その後、兵士としての活動に満足を覚え、どうも太鼓を叩くという行動が今までの兵役の報酬の栄誉だと思うほどだった。しかし太鼓を叩いたからといってそれ以上どうにかなるというでもなし、彼の領地へと戻り、神の御心のままに生きた。つまりは、何の財産の持ち合わせもなかったというわけだ。

そして「知恵」は囁いた、「今し方、汝は仏国と伊国を巡回するに於いて、このような太鼓叩きのみが能の輩を雇い入れたのだ」。「なんだと」と私はやり返した。「英国の紳士の内の半分は大陸旅行のお供としてこのような愚かな人間を雇い入れたものだ。そして費用やら厄介ごとやら何から何まで面倒を抱え込まなきゃならんものではないか？こういった圧倒的に不利な喧嘩でも何か対等な言葉でも持ち出せれば上々ではないだろうか。しかしそれはともかく、ラ・フルール、お前はもっと何かマシなことできるよな？「まあそりゃあ！お望みとあれば泥除けのためのケンケン跳びや、少々フィドルの演奏の披露を喜んで致しましょう」。すると「知恵」は「こりゃあ天晴れだ！」と述べた。「私自身もバスを演奏することができますよ、だから彼とはうまくやってけるでしょう」と私。「髭を剃って、少し鬘を被ったりできるよね、ラ・フルール君？」「彼はその為に生まれてきたような存在であろう。何を今更」と「知恵」。「十分じゃないか！」と彼を遮って言った。「そして私にとっても十分過ぎるんだ！」その後、夕食が始まったが、片方には英国の追従者、もう片方にはフランスの召使いを側に置いて、片方がこれほどの愉悦があるかと思うほどの喜びっぷりをもう片方に露わにしながら、私はこの集団の王として心の底で満足感を覚えた。実際の君主も彼らの振る舞いを感じれば、同じような満足感を覚えたことだろう。

モントルイユ（三）

ラ・フルールはフランスとイタリアの旅行中ずっと私と一緒にいたが、しばしば大衆に自分の演奏を披露した。その際、彼の代わりに私自身の口で読者諸君が興味を覚えるだろうことを述べておきたい。私は自分の下した判断につい後悔してしまうことがしばしばある性分だが、こいつほどそういった衝動を逃さなかった試しはなかった。彼は瞑想してトロトロ歩きがちな哲学者よりも更に遅い足取りで歩き、実に忠実で愛情いっぱいの素朴な魂の持ち主だった。確かに太鼓叩きやケンケン跳びはそれ自体とても上手いとはいえ私にとって何の役にも立たなかったが、それを絶えず補うほどの陽気な気質の持ち主だったのだ。それが私にとっての助けとなり、彼のその陽気な様子が私の旅の途上で生じる困難やストレスの頼みの綱となったのだ。私の助けだけでなく、彼自身の助けにもなったことを付け加えるつもりだった。しかしラ・フルールはどうも困ったとすら思っていないようだった。飢えや渇きであれ、寒さや暗さであれ、観察の的になろうと、旅上でどんな不運に出会おうとも、それを困難と感じるような素振りがこれっぽちも見受けられないのであった。彼は常に同じ様子であった。そのため、もし私が哲学者の端くれであったのなら（そうたまに悪魔が私に時折思わせるのだが）、この男のどこか悟ったような哲学的と言ってもいい気質を鑑みれば、哲学者としての自惚れやプライドを傷つけ、もっと優れた存在があるのだと恥ずかしい気持ちにもなるのだ。彼の気質に加え、彼には洒落っ気なところも少々あった。しかしそれは自分から洒落っ気になろうというよりも、本性的・先天的な洒落っ気さであるように一目見た時からそういう印象を受けた。パリに到着して三日と経たないうちに、この人間に洒落っ気さがあるなどとはこれっぽちも思わなくなった。

モントルイユ（四）

その翌朝からラ・フルールは自分の奉仕を始めることになり、彼に私のカバン用の鍵を渡し、更に六枚のシャツと絹ズボンも同時に渡した。そしてそれらを馬車に括り付けるようにし、地主に請求書とともに来させるように命じた。

「実に幸せな男ですな」と、ラ・フルールを取り巻いている六人の娘たちを指して、そう宿主は言った。御者が馬を準備する作業をしている間、彼は彼女たちと懇ろに挨拶をしていた。ラ・フルールは彼女たちのキスを順に何度も何度もキスし、三回目に溜まった涙を拭いて、ローマからきっと全員分の免罪符を持ってくることを約束した。

「あいつ」宿主は言った。「街のみんなから愛されていて、モントルイユのどこにも彼を歓迎しない場所なぞありませんよ。しかしそんな彼にも一つだけ不運がございましてね」と彼は続けた。「それは何かというと、彼はいつも恋に陥っているのですよ」。「それは実にいいことではありませんか」と私は言った。「毎晩寝る時、ズボンが盗まれないために頭の下にそれを敷いて寝るのですが、それ程恋に夢中なら夜も眠れずしっかり監視してくれるので、そういった手間も省けましょう」。とはいえこれはラ・フルールを褒めたこと以上に、私自身を褒めたことになる。というのも人生の間中、ずっと次から次へとお姫様に恋焦がれてきたのであり、これからも死ぬまでそうだろう。私が何か卑しい振る舞いをすれば、それは恋と恋の間の小休止期間においてだろう。この小休止の間は、私の心には鍵か何かがかかっているような感じがするのだ。私は不幸にいる人間に、六ペンスほども恵んでやろうという気持ちにもならない。そのため、できる限り再び恋の状態に戻るようにし、そうなれば私は非常な寛大さと善良さを取り戻すのだ。そして何をやるにも、その行いに罪が伴わないと確信すれば、私はその行いを誰のためにやっても、あるいは誰と一緒にやっても満足するのだ。

しかし私は自画自賛したくてこういった説明をするのでなく、恋を賛美しているのだということに注意していただきたい。

断章

アブデラの街[17]、そこはかつてデモクリトスがあらゆる皮肉と嘲笑を駆使して面目を回復しようとしたところだが、結局トラキア全土において、もっとも卑劣で淫乱な街になった。麻薬、陰謀、暗殺、更に中傷、風刺、騒動、こういったことが白昼行われておりとても足を踏み入れられるような場所ではない。況や夜をや。

更に、アブデラの腐敗っぷりが絶頂に達した時代に、たまたまエウリピデスの『アンドロメダ』がそこで上演されることになり、一等席の観客は皆その上演中夢中になっていた。しかし夢中になっていた劇の箇所の中でももっとも虜にしたのは、劇詩人エウリピデスを通してペルセウスの痛ましい演説で放った、自然の情愛こもった台詞

神々や人々の間に君臨せし者である、エロスよ

である。上映の翌日、人々が語る言葉は皆弱強格の音律を有しており、先程のペルセウスの憐れみいっぱいの言葉「神々や人々の間に君臨せしエロスよ」についての話題しか聞かれなかった。アブデラの路上の至るところ、そして全ての家が、「エロスよ！エロスよ！」という台詞を、まるで思わず零れた甘美なメロディを持つ天然の調べを持って、みんな口上に発していた。「エロスよ！神と人に君臨せしエロスよ！」とまるで火が燃え広がるように街全体を熱狂させ、それは愛に取り憑かれた一人の男の状態と同様のものである。

一粒の毒薬すら売ろうとする薬局はなく、鍛冶屋も人殺しの道具一つ鍛造しようという気にならなかった。「友情」と「有徳」が手を繋ぎ、路上でお互いキスし合った。あの黄金時代が再び戻り、アブデラ全土を覆った。全ての男性アブデラ市民は牧笛を奏で、女性の方は縫っていた紫色の織物を置き、貞淑な様子さながらに座りその歌を聞いた。

「これこそが恋の力だ」とある断章は記す。「天から地へと開闢し、更には地の奥の海までも作り上げた神が授けた恋の力だ」

モントルイユ[18]（五）

出発の準備も整い、宿の請求書の全項目を確認し支払いも終わらせて、いざ出発！と宿のドアを開こうとする時、大抵何か気がかりなことが胸中に兆すものだ（出発そのものが嫌な場合を除き）。それは自分を囲む貧しい物乞いの子供たちとの応対だ。「そんな奴らどっかに蹴飛ばしてさっさと旅に出ればよいではないか」なんて言わないでくれ給え。数人の惨めな人間たちをそのように扱うなんて、私の旅は実に残酷な性質を有するようになってしまう。彼らをそんな無辜に扱わずとももう十分に悲惨な目に遭っているのだ。私は何スーか取り出して与えた方が良いと常々考え、他の旅行者も皆私と同様のことをすべきと思う。その際、心中を厳密に分析して正確な動機を探り当てる必要などない。世のどこかでその振る舞いは記録されるだろう。

さて私自身についていえば、これほど少ししか金を恵んでやらぬ人物もまた珍しい。その理由は、私ほど私自身貧しい旅行者はいないのだからであった。しかしフランスでこれが初めての慈善活動であったから、慎重に行動した。

やれやれどうしたものやら、と私はまごついた。私はたった八スーしか手元になく、それを彼らに見せた。私を囲む物乞いは、男八人と女八人である。

するとシャツ一枚着ない哀れな陰鬱そうな物乞いの男が、差し伸べている手をすぐに引っ込ませ、集団から二歩ほど離れ、「私は結構です」と言わんばかりのお辞儀をした。「婦人に譲れ」と観衆が一斉に叫んでも、この男ほど女性に対する畏敬の念を半分ほども示さなかっただろう。

ああ、天よ！貧しさと優雅さが他の国では完全に分離しているというのに、このような具合に調和して存在しているのはいかなる賢明な動機ゆえか？

私は彼らの慇懃さだけのために、一スーを恵まずにはいられなかった。

囲んでいる集団の中で私の正面に立っていた、非常に背の低くキビキビとした動作をした貧しい男が、彼の腕の下に重要なものを抱えていて、それはどうも以前帽子だったみたいだ。そしてポケットからタバコ入れを取り出し、タバコを左右の者たちに気前よく提供した。これはなかなかの代物のように見受けられたので、提供された者たちは謹んで辞退した。提供している小さな男の子は相手が辞退しながらも受け取って欲しいという具合に歓迎の会釈をしながら差し出し続けた。「取ってよ、ほら取って」と別の方向を見ながら言った。そのため各々一本彼から受け取った。お前さんのタバコ入れが一スーも恵まれないとは！と心中つぶやいた。そのため何スーかそのタバコ入れに入れた。そしてその恵みの価値をより上等なものにするかのように、私自身もそこからタバコを一本貰った。この男の子は、金を恵んでくれた行為よりも、タバコを貰ってくれた行為の方により感謝していた。それは彼にどこか栄誉を授けた。それに比べて金を与えるだけの行為は、単なる慈善活動だ。そして地面に接するくらい、深々とお辞儀をした。

「どうぞ、これを！」と兵役につき、軍役で死に瀕した片腕の兵士に声をかけた。「わずかながら貴方様のためのものです」。「王様万歳！」と老愁の兵士は叫んだ。

そうしたら、三スーしか残らなくなった。そのうちの一スーを単に神の御心のままに授けた。相手の女はまさにその理由で施しを受けたがっていたからだ。その貧しい女は腰が完全に歪んでいた。だからそういう動機を取るしかあり得なかったのだ。

とてもお優しい親愛なるご主人様、こう呼びかけられたら断るわけにもいくまい。

英国の御殿様、その口音は恵むに値するものだった。それに対して私が持っていた最後のスーを与えた。しかし一連の金を恵む行為に夢中になりスーを全部与えた後、誇り高き貧乏人に気づいた。彼の代わりにスーをお願いする者はなく、彼自身お願いするくらいなら死んだ方がマシだと言わんばかりの様子をしていた。少し物乞いの集団から離れて馬車の近くに立っていて、顔にある涙を拭いた。彼の顔は昔、今よりもいい身分だったらもっとマシなものだっただろう。「ああ！」と叫んだ。私にはもはや彼に与えられるスーが残っていないのだ。「そんなことはない。お前はスーをいくらでも持っているじゃないか」と私の中で渦巻いているあらゆる気性がそう叫んだ。だから私は彼に渡した。何を与えたか（「どのくらい」あるいは「どれほど」という表現をここで使うのは恥ずべきものだと考えた）と読者諸君は思われるだろうが、私の性格から推察していただきたい。与えた金額の最高額と最低額は既に示しただろうから、与えた額の大きさは一リーヴルから二リーヴルの間だと判断するだろう。

他の物乞いたちには何も与えることができなかったが、どうか神様が祝福をお授けくださいますようにとだけ述べた。すると恵み深き神様が更に祝福をお授けくださいますようにと兵士や侏儒と見紛うほど背の低い男、その他の人々がそう言った。誇り高き貧乏人は何も言わなかった。彼は小さいハンカチを取り出し、くるりと振り向いてそれで顔を拭いた。そして彼のその素振りは、ここにいる誰よりも感謝しているかのようだった。

子馬

こういったささやかな用件を片付け、駅馬車に乗った。乗る際の心地よさといったら今まで駅馬車に乗る際の人生で味わったことのないものだった。そしてラ・フルールが子馬に膝まである長靴で跨いで（彼の足などどうでも良いことだ）、私の前を王子様のように、幸せげにそしてひたすら真っ直ぐに走っていった。

しかし果たして幸せとは一体何か！このような人生という劇に過ぎぬ舞台のワンシーンで、偉大さとは如何ほどのものか！五キロも走らずに我々はロバの死骸に出くわして、それに見たラ・フルールは己の馬を急停止させた。馬とラ・フルールとの間に諍いが生じ、馬が一跳ねするや否や、可哀想なこの男は履いている長靴からすっぽりと抜け、地面に投げ出された。

ラ・フルールは落馬した際に、フランスのキリスト者の如く「ちぇっ！」という言葉以外何も言わず、間もなく立ち上がって子馬に跨り、太鼓を叩く時のように鞭で馬を叩いた。子馬は路上の片側からもう片側まで飛び出したと思ったら逆方向へと走り、更にあちこち四方八方駆け回った。死骸のロバの方向だけは除いて。ラ・フルールはこのように子馬を急き立てたが、子馬は再び彼を地面へと投げ落とした。

「どうしたというんだ、ラ・フルール？」と私は言った。「君の子馬じゃないのかね？」

「ご主人様」と彼は言った。「こんな反抗的な馬、世に二つとありませんや」

それに対して私は「いや、もしこいつがそれほど傲慢な馬だというのなら、そもそも乗り主のお前の指示など従わないはずなんだがね」と答えた。

そしてラ・フルールはその馬からおり、ピシャリとやけに響きのいい音で鞭で叩いたら、まるで子馬が私の今の言葉を理解したかのようにモントルイユへと駆け戻った。

「クソッタレめ！」とラ・フルールは言った。

ラ・フルールは「ちぇっ！」と「クソッタレめ！」の二つの感嘆詞を使用しただけだが、実はフランス語にはこういった類の感嘆詞は三つめがあることをここに記載しても、決して見当違いではあるまい。そしてこれら三つが、原級、比較級、最上級のように、人生で投げられる予期できぬ賽の目に対してそれぞれ役立つものなのだ。

「ちぇっ！」というのが第一の種類であり、原級に該当するものである。単に些細な出来事において、己の期待とは違った結果がもたらされた場合に使う言い回しである。これを発する者の感情は取り乱しておらず至って平常の状態にある。例としては、同時に投げたサイコロの目が同じだった場合、ラ・フルールが馬から蹴飛ばされた場合、等々。奥さんが不倫した時も同じ理由で、常に「ちぇっ！」である。

しかしサイコロの出た目に何か癪に触るようなものがある場合、今回の場合は子馬が長靴を履いたまま地面に投げ落とされたラ・フルールをそのままにして、駆け出していくといった場合は、この比較級を使う。

つまり「クソったれめ！」である。そして最上級である三つめは……。[19]

いや、この最上級を当人が使おうとするというのは、当人がとても悲惨な運命を辿っている場合であり、こういった単語を洗練されたフランス人が使わざるを得ないというのはとても彼らの心を痛ませるものであろう。そう考えると、私の心は憐憫を起こし、同情の念に耐えない。

ああ、苦境において雄弁性を授け給う汝らの力よ！私を待ち受けている運命がなんであれ、その時はただ上品な感嘆詞だけを私の舌にお乗せになり、それで私は満足いたしましょう。

しかしそんなお上品な感嘆詞はフランスではありそうにもないから、どんな災厄に遭おうと、感嘆詞は一切使わないと決心した。

ラ・フルールは、まさか今の私の決心をあらかじめ彼がつけていたということは到底あり得ないことだったから、走っていく子馬が映らなくなるまで目で追った。そしてどんな感嘆詞で、この出来事を締め括ったかは読者諸君の想像にお任せするとしよう。びっくりして駆け逃げて行く馬をたいそうな長靴で追っかけ回すなどということはあり得ないから、ラ・フルールを馬車の後ろに乗せるか、中に乗せるかしか選択肢はなかった。中に乗せる方を私は選び三十分ほどでナンポンの宿に着いた。

ナンポン　ロバの死骸

「そしてこれは」と彼はパンの余った皮を財布に入れながら言った。「これはお前がもし生きていたなら、一緒に分け合って食べたはずなんだ」。言葉の発音から、自分の子供に呼びかけているのだと考えた。しかし実際は彼のロバに対してのものであり、そのロバはまさに我々が先程見てラ・フルールに災難をもたらしたロバの死骸のことである。どうもこの男はあのロバについて大いに嘆き悲しんでいるかのようだった。その様子を見ていると、サンチョ・パンサが自分のロバを失った時の場面を即座に連想したが、この男の場合より真に迫っているかのようだった。

嘆いているこの男はドアの側にある石のベンチに座っていて、彼の隣には馬のサドル用の布と馬勒が置いてあり、時々それらを取り上げては再びベンチに置いた。そしてそれらに目をやって頭を振った。するとパンの皮を再び財布から取り出し、食べようとするかのように、手に持った。そして馬勒のはみに皮を置き、もの悲しそうに並べたものを見やってため息をついた。

この男の単純とも言えるほど純粋な悲しみに、大勢の人が彼の周りに集まった。そしてその中に馬の支度を待っていたラ・フルールも混ざっていた。私は駅馬車にずっと座ったままでいて、その様子をみんなの頭越しに見聞できた。

彼はつい最近スペインからやってきたのだが、そもそも彼の住まいはスペインの国境からは極めて遠いフランケン地方[20]であったというのだ。そして住まいからあまりに遠いこの地で、彼のロバが亡くなったのだ。彼を囲んでいるみんなは、なぜこのような年老いた貧しい男が、こんな遠くまでやってきたのかを知りたがった。

彼は物語を続けた。「わしは元々天の思し召しで、三人の息子を祝福で恵まれたのです。彼らの良さときたらドイツ中を探し回っても見つかりますまい。しかし授かった最初の一週間で、内二人を天然痘で亡くしてしまった。そして一番年下も同じ病にかかり、彼も亡くなりはすまいかとビクビク心落ち着くことなど到底無理だったのじゃ。そしてもし天に在します神様が、わしの末っ子を生き長らえさせていただけるのなら、わしはスペインのサンティアゴ[21]への感謝の巡礼にひたすら感謝のために赴こうと誓ったのです」

この嘆き悲しんでいる老人がここまで物語ったら、語るのをやめ感謝の身振りをし、どうにもならぬ涙で溢れかえった。

彼は続けた。「天はわしの誓いをお聞きくださったのです。そしてこの哀れなロバは旅の辛抱を共にする連れとして、一緒に家から出発したのです。このロバはわしと同じパンをいつも食べ、まるで老いぼれのわしと友人同然のように一緒に旅を続けた」

彼の話を聞いていた周りの人たちは皆、同情の念を禁じ得なかった。ラ・フルールは彼に金を恵んだ。嘆いている老人はいらない、と断った。彼が悲しんでいるのは、ロバを亡くしたことによる不便からではなく、まさしく友人を亡くしたことそれ自体に対しての悲しみだった。「あのロバもまた」老人は言った。「わしを確かに愛していた」。そして彼はピレネー山脈においてお互い三日間逸れた際の不幸について、長く物語った。逸れている間、ロバと老人はお互い同じくらい探し回り、お互い再会するまでほとんど食べることも飲むこともなかったというのだ。

「しかし貴方様は少なくとも一つの利点を有しているのです」と私は言った。「貴方様の哀れな動物を亡くしたことによってね。さぞや貴方様は間違いなく彼に対してとてもお優しい主人だったのでしょう」。「ああ!」と嘆き悲しむ老人は言った。「彼が在命していた時まではそうわしも思っていた。しかし彼が死んだ今、わしはもうそのようには思えんのじゃ」

「わしが感じていた心の重荷や苦しみが、そのロバには耐えがたかったのでしょう。それが原因であの哀れなやつの寿命が縮み、その原因を作ったわしは何らかの償いをしなければと思えてならんのじゃ」

「なんたる恥ずべきこと！」と心中発した。「この哀れな魂の持ち主があのロバを愛したほどに、我々は愛し合ったことがあるだろうか？」実際にあるのなら、大それたものなのだが。

ナンポン　御者

私が哀れな老人の身の上話に対して憐憫を感じたが、私のその感情に気づくにはある程度注意を払う必要があったみたいだ。御者はわたしに何一つ関心を払わず、鋪道を全速で走っていった。

アラビアの最も砂に満ちた砂漠で喉の渇きに苦しんでいる者は、ただコップ一杯だけを渇望したであろうが、私も今はそれと同じ程に、ゆっくりと静かに走行するのを渇望していた。そしてもし御者がこっそりと静かに馬車を動かし始めたら、わたしは彼をとても高く評価したことだろう。ところが実際はそれとは逆に、老人が嘆き悲しむのを辞めたら、各々の馬を冷淡に鞭打ち、無数の悪魔が大群で押し寄せて来るような物うるさい音で出立した。

私は御者をできる限り大声で呼び、頼むから可能な限り音を立てずに馬車を走らせてくれとお願いした。そして私が大声で呼べば呼ぶほど、彼は容赦なく速い速度で走らせた。「なんだあいつは。一体なんであんなに速く走るんだ」と私は言った。「私が白痴になるまであんな感じで走り続けるんだ。そしてそれを見てとったら、ようやくスピードを落とし始めるんだ。知能が低い故の、幸せってのがあるからな」

御者はこの行いを、絶妙な加減でこなした。彼がナンポンから二・五キロほど離れた、険しい丘の麓にたどり着いた際には私は彼に対して癇癪でいっぱいで、そんな状態に私がいることを思うと、さらに癇癪をひどくさせた。

すると、私が望むのは違うものとなる。逆に快活にカタカタと馬を走らせてくれればそれは私にとってとても心地よいものとなるものだろう。

「さあ走れ、遠慮なく走れ」と私は言った。

すると御者は丘を指した。私はさっきの哀れなドイツの老人と彼のロバについて思い返そうとしたが、回想するための緒口を見失ったようで思い返すことはできなかった。ちょうど御者が馬を早足に戻すことができなかったように。

「ええい、もうどうにでもなれ！」と私は言った。こんな不幸な状態で最悪を最善へと転じようと素直な気分で座っているというのに、期待と逆の方向へと事態は流れやがる。

災厄において少なくとも一つ慰められる点があり、それは自然が我々に提供してくれるものだ。だから私はその者の差し出したものをありがたく頂戴し、ぐっすりと眠りに入った。そして私を次に目覚ませたのは「アミアン」という声だった。

「おお！」と目を擦りながら言った。これこそがあの気の毒な婦人が来る予定の街ではないか。

アミアン

私がそう言うや否や、L伯爵の駅馬車が彼の妹を乗せて、素早く通過していった。その速度なので彼女は挨拶のお辞儀をするだけで精一杯で、その動作を見れば私との縁がまだ続いているのが見てとれた。彼女は外見同様、よき心の持ち主だった。だから、私が夕食をすっかり終える前に、彼女の兄の従僕が手紙と共に部屋に入ってきた。彼女のその手紙には、パリで何もすることのない一日目の朝にR夫人のもとへ自身で出かけていただきたい、と書かれていた。それに加え、貴方に伝えるべき自身の身の上話をお伝えできなくて（どういう気分で語れないのかは知らないが）申し訳ない、そしてもしブリュッセルを通るようなことがあって、その時も私の名前を覚えてらっしゃるのなら、喜んで私の身の上話を致しましょう、とだけあった。

「ならば美しき心の持ち主である汝よ、ぜひブリュッセルで会おうではないか。ブリュッセルはイタリアからドイツを通ってフランドル経由でオランダへと向かえばいいだけではないか。十回ほどの馬車の乗り換え程度で行けるもんじゃないか。いや十どころか万あったところで何だというんだ！あのように苦悩する者の悲惨な身の上話を聞いて、心痛むような出来事を共に分かち合えるなんて、なんという道徳的な喜びを私の旅に添えることだろう。彼女の泣いている姿！そして確かに私は、彼女の噴水のように溢れる涙を堰き止めることはできないだろうが、女性の中でも最高級で最も美しい女性の頬からその涙を拭くことができたとしたら、それだけでも天にも昇る極上の心地じゃないか。一晩中、身の上話をする彼女を、隣でハンカチを片手に持ちながらただ黙って聞いて、ね。

この気持ちにはやましいことは何一つなかった。しかし即座に私は、自分を最大級に辛辣で非難するような表現で、私の心持ちを即座に弾劾した。

以前私が読み手に述べたように、私が狂おしいほどに誰かに人生の間中ほぼずっと恋焦がれていて、それが私にとってとても奇妙な幸福であった。私の最後の恋の炎はふとした事の成り行きで嫉妬の一風に吹かれて消えてしまったのだが、つい三ヶ月前にあの純な心の持ち主エリザに対して、再び恋の炎を点火させたばかりだったのだ。そして誓ったのだ、その炎は旅が終わるまでずっと灯ったままだということに。なぜ事を偽ろうとするのか?私は永劫にエリザに忠誠を誓ったのだ。そして彼女は私の心を占有する権利がある。私が灯している火を分け減らすことなどあり得ない。また、灯しているその火を誰かに見せるのは危険に晒すことだ。危険があるのなら、その灯火が消えてしまうのかもしれないのだ。そのようなことになったら、ヨーリック！お前はあの信頼できて動揺しない心の持ち主、善良で、温和で、非の打ちどころのない彼女になんと顔向けすればいいのだろうか！

「私はブリュッセルに行かない」、そう私の反芻を遮るように答えた。そうはいうものの、空想は意に反して膨らんでいった。私は彼女と別れる際のあの「さようなら！」と挨拶を交わすことすらできない瞬間での彼女の表情を思い返した。彼女が私の首に巻いたあの黒いリボンに添えた絵を見て、赤面した。この絵に恥ずかしさを覚えずに口づけできるなら世界をくれてもいい。もしこの可憐な花が、その根元から蝕まれたなら、そしてヨーリック！本来はその可憐な花を胸元で守ると約束した他ならぬお前が蝕むことなど、果たして許されるものか！

永久に噴き続ける幸福よ！と跪いて私は言った。汝こそが我が行為の目撃者だ。そしてこの幸福を共に享受する者もまた我が証人であるのだ。我は決してブリュッセルへエリザを伴わない限り行かぬだろう、たとえその道が天国へと続こうともだ！

こういった類の興奮では、心は分別がかき消されているにも拘らず、無数の言葉が止めどなく溢れてくるのだ。

手紙　アミアン

「運命」はラ・フルールに微笑まなかった。というのも騎士的な業績をまだあげてなかったからだ。彼が私に奉公を務め始めてからほぼ二十四時間経つというのに、彼の私への奉仕の熱意を実際に発揮させるような出来事は何も起こらなかったからだ。可愛そうなこいつは、苛立ち始めた。そしてL伯爵の召使いが手紙と共に入ってきて、どうもこれがその最初の出来事になりそうだったみたいで、ラ・フルールはこの機を逃すまいとした。彼のご主人の栄誉のために、L伯爵の召使いを宿屋の奥間へと案内し、ピカルディの最高級の葡萄酒を一杯か二杯添えて、丁重にラ・フルールは応対した。L伯爵の召使いもそのお返しとして、丁重さの点でラ・フルールに後塵を拝さないように、彼をL伯爵の宿へと案内した。ラ・フルールの愛嬌の良さが、厨房にいる召使い全員が彼に親しみを抱かせた（彼の様子にはそれだけで相手と交流することが許される証明書であるかのようだったのだ）。そしてフランス人というのは、それが何であれ自分の芸を見せることに遠慮や気後れなぞこれっぽちもないので、五分と彼等と出会わない内にラ・フルールは横笛を取り出して、最初の調べと共に踊り始めて、それが小間使や給仕頭、料理人や下働きの女等、家にいるものを全員、さらに猫や犬、挙げ句の果てに老いた猿まで踊りに加わり始めた。

兄の部屋から自分の部屋へと戻ろうとしていたL夫人は、階段下でやけに陽気な音が聞こえてくると思い、呼び鈴を鳴らして小間使に事の次第を問おうとした。すると英国紳士の召使いが笛を鳴らして家全体を陽気に賑やかしているようで、という知らせを聞いたら、小間使にその男を連れてくるよう命じた。困った彼は黙って立ち去るわけにはいくまいと思い、仕えている主人の代わりということもあり、L夫人に対して無数のお世辞を用意して上がっていった。L夫人の健康について質問した後に、彼女に、私の主人はL夫人様の旅の疲労からの回復を心痛めるほどに願っています、と本当かどうかいかがわしい言葉を添えた。更に締め括るように、「手前どものご主人が御夫人様の手紙を受け取ることが光栄の至りであり、更に私に対してそれと同じ光栄を」、「私にその手紙をお渡しする形で頂いた」とL夫人はラ・フルールを遮って言った。

L夫人のこの言葉の口調はラ・フルールの先程の言葉をすっかり信用しているのが窺えられ、その信用を裏切ることなどラ・フルールにはとてもできないことだった。彼は主人である私のための体面を思い打ち震えた。更に自分の体面も考慮していただろう。というのも、自分の仕える主人が婦人について、必要以上に心を砕いているかもしれないからである。その為、L夫人がラ・フルールに手紙を持ってきたかと尋ねると、「は、はい」と答えてしまった。そして帽子を地面に置いて、右側にあるポケットの布を左手で押さえながら、手紙を右手であたかも探すように振る舞い始めた。そしてこんどは右手でのポケットを探り「ちぇっ！」と声を発した。今度は他のポケットを次から次へと、時計入れも含め順に探し始めたが、「クソったれ！」と発した。するとそれら全てを床にうち撒けて、汚いネクタイ、ハンカチ、櫛、鞭紐、ナイト・キャップも何もかも出して、帽子の中を手探りした。「ああ、やってしまいました！」どうやら手紙を宿の机に忘れてしまったようだ。そこまで走っていき、三分で戻る、とのことだった。

ラ・フルールが先程の出来事について知らせに来た時、私はちょうど夕食を終えたところだった。彼は出来事全体をそのまま伝えたが、ただ一つ付け加えた。というのは私が婦人の手紙の返答をたまたま忘れていたのなら、うまく取り計らってその間違いを挽回するようにしておいたと言い、逆に忘れていなかったなら今のままで問題ない、とした。

私は手紙の返答をすべきかどうかは、礼儀作法に適うかどうかはわからなかった。しかしもししたとしても、決してそれで何か災厄がもたらされるとかいうことはないであろう。悪意のないやつによる、務め上の熱意に依るものなのだから。そして彼がどのようにへまをしようと、そしてそのへまで私が恥ずかしい思いをしようと、この男には何か咎めがあろうがはずもない。私は別段手紙の返答を書かなければならないというのでもなかったが、何が特に私に筆を取らせたかというと、彼に何かへまをしたような様子がこれっぽちも見受けられないようだった。

「そうか、ならよろしい」と私は言った。

そう言うと、ラ・フルールはまるで閃光のように部屋から出ていき、ペンとインキと紙を手に持って戻ってきた。そして机にやってきて、それらを私の前に置いて、満面の喜びを顔に浮かべて、こうもされるとペンを握らずにはいられなかった。

何度も何度も最初の文を書き直した。そして特に何か言いたいことがあるわけでもなく、六行程度では何か表現できるはずがなかったが、とにかく書き出しを五、六回書いてみた。しかしそのどれも私には気に入らなかった。

端的に言えば、今は手紙を書きたい気分ではなかった。ラ・フルールは部屋から出て、インキの墨を薄めるために、コップに水を少々入れて持ってきた。更に砂と封筒も持ってきた。しかし同じことだった。私は書き、筆にインキをつけ、手紙を破り、燃やして、もう一回書き始めた。「悪魔にでも食われろ」と半分自分自身に対して言った。私はどうしても満足のいく手紙を書くことができなかった。今の言葉とともに、絶望的な気分でペンを投げ捨てた。

私がペンを投げ出すや否や、ラ・フルールはこの上なくうやうやしい態度で机の方へとやってきて、差し出がましいく恐縮ですがと言いながら、彼と同じ隊にいた太鼓叩きが伍長の妻に対して書いた手紙が彼のポケットに入っていて、今回のような状況に役立つことを私に伝えた。

私はこの男のさせたいようにさせた。私は「そうかい。じゃあ見せてくれ」と言った。

ラ・フルールはくちゃくちゃの短い手紙やラブレターが乱雑に詰め込まれたみすぼらしい紙入れを取り出し、机の上に置いた。そして手紙を一束にまとめていた紐を解いて、手紙を一枚一枚さっと吟味して、今しがた話していた手紙を見つけた。「ありました！」と手を叩きながら言った。そしてそれを開いてから私の前にその手紙を置き、私が読んでいる最中は、三歩ほど机から下がった。

手紙（全文フランス語）

奥さま

私は未だかつてこれほどの悲しみを心に抱いたことはございません。同時に伍長が思いもかけずに戻ってきて絶望的な気分に陥らざるを得ません。というのも今晩奥様にお会いすることができなくなったからでございます。

しかし私は喜び続けることでしょう！私のその喜びは貴方様を考えることによって抱かれる心持ちなのであります。

情念のない恋なぞ、恋と呼べる代物ではありますまい。

そして恋のない情念は、それ以上に情念などと呼べますまい。

みな、絶望してはならぬと言い囃します。

また、旦那の伍長は水曜日に警備として出勤しないといけないとも、みな言っています。そうならば、今度は私の番ということでございます。

誰にでも順番は回ってきます。

そしてそれを待ちながら、恋愛万歳！そして情事万歳！

私は、奥様、私はただ貴方様への最も強い敬慕と、最も優しい気持ちでいっぱいなのです。

ジャック・ロク

ここに記載されてある「伍長」を「伯爵」に変えさえすればよかった。そして水曜日に警備云々の箇所は抹消すればいいだけであった。それさえすれば、手紙はまずまずといったところだった。だから私と自分とこの手紙の体面を汚しはしまいと震えて困った様子をしているこいつを安心させるため、文面を適切に変えた後に手紙に封をして、彼を再びこの手紙を持たせてL夫人の方へとやった。そして翌朝パリへと再び出立した。

パリ

高価そうな身の回りの品、更に六人ほどの従僕と数人の料理人を侍らせて見せびらかすようにパリを歩く者は、さぞやパリは居心地のいい街であろう。どの通りも思うままに歩いていけるのだから。

引き連れている騎馬の者がみすぼらしく、歩いている者も一人しかいないという哀れな王子様は、さっさとこの場所を離れるがよろしい。そして宿に入り込めたのなら、そこで身の上の自慢でもするが良かろう。「入り込めたら」と言ったのは、周りの大衆の思惑とは別に「民どもよ、ついに余が参上したのだぞ」などと言って我が物顔で通りを歩いていくわけにはいかないからである。

私が宿の自分の部屋で一人になっていた時抱いた気持ちは、あらかじめ予想していたのと反して高慢めいたものではなかった。汚れた黒い外套を着けたまま窓へと重々しく歩き、ガラス越しに眺めると、眼に入った人々は黄色や青色、緑色の服をきて快楽を求めて歩き回っていた。年老いた者たちはボロボロの槍を手に持っていて、かぶっている兜も面当てがなくなっていた。

金色のように輝く鎧を身につけていた若者は、東部から採取された豪勢な羽根により成る羽飾りをつけていた。かつて騎士たちが闘技場に焦がれていたように、名声と恋愛を求めて皆行動していた。

ああ、哀れなヨーリックよ！と私は叫んだ。汝はここで何をやっておるのだ？ガチャガチャと派手な音を立てて歩いているあの者らと少しでも同じ通りで歩けば、お前はまるで自身が存在しないものと思ってしまうほど縮こまってしまうだろう。うねった狭い通りを歩き、その果てにある休息の地を求めよ。そこには馬車が通ったこともなければ、松明が光を放つようなこともないような場所で、床屋のおかみか誰かと会話を交わし仲間入りを果たし、汝自身の魂を慰めることができよう！

「だがそんなことになるくらいならいっそ死んだ方がマシだ！」と私はR夫人に届けるべき手紙を取り出しながら言った。この夫人に何よりもまず顔を出さなければならない。そのためにまずラ・フルールに床屋を直接私に連れてきて、私の外套にブラシをかけることを命じた。

鬘《かつら》　パリ

床屋がやってくると、彼は私の鬘については何も手入れをしないと拒絶した。それは鬘を手入れするのは彼にとってあまりに難しいかそれともあまりに馬鹿馬鹿しくてプライドを害するかはしらないが、ともかく彼の予め用意したもので満足するしかなかった。

「しかしこれだと、お前さん！」と私は言った。「そんな髪の巻き方だとすぐ崩れてしまうんじゃないのかね」。「いえいえ」と彼は答えた。「たとえ海の中へとダイヴしても、決して崩れはしませんよ」

随分ともまたスケールのでかい街だ！と私は考えた。英国の鬘師だったらせいぜい「桶の水に浸けたとしても」と言うのがやっとだろう。これまたえらい違いだ。刹那と永劫くらいの違いと言って良い。

私は情熱のない冷淡な着想というのが嫌いだ、そういった着想を産出する心ない考え方と同様にだ。そして普段自然の偉大なる働きに心奪われているものだから、私自身について言えば、できることなら何かを喩える場合は少なくとも「山のような」というくらいのスケールはもつのだ。今回のようなフランス人の荘厳な喩えについて物申すとすれば、それは彼らの考えている偉大さは「物のように判然としたものでなく、単なる言葉上に過ぎない」ということだ。そして「物のような判然としたものでなければならない」ということだ。海を思い浮かべば様々な観念が連想してくるのは疑いない。しかしパリは四方八方陸に囲まれ海などどこにも見当たらないから、パリから何百キロも海へと駆けて先程の喩えを実際に試そうなどとはとてもできなかった。だからパリの床屋の言ったことは、結局のところ無意味同然だったのだ。

どこまでも深い海に比べれば、桶の中の水など言葉の上では情けなさを感じさせるものだ。

しかしそこには一つの利点があり、というのは桶に入った水というのはどこにでもあるものであり、巻毛に関する床屋の話は大した面倒もなく、一瞬でそれが正しいかどうかを証明できるということだ。

正直に言えば、そして今回の件について何度も吟味した上での結論だが、「フランス人の表現は実際よりも誇張して発せられている」

こういったたわいもない何気なさ[22]においてより正確にはっきりと国民性の違いが、国家の重大事よりも表れるものだと考えている。政治家とか高い身分にある人は、どこの国も同じような動作で同じような言葉を発するのだから、わざわざ手間をかけてまで彼らの後を追い考察したりはしない。

床屋の手入れがとても長くなかなか抜け出せなかったので、その晩にR夫人のもとに赴いて手紙を渡すにはあまりに遅い時間になると考えた。しかし、出発するのに身なりの準備が完全にできたのなら、そういった決意も揺らぐものであり、宿泊していたオテル・ド・モデーヌの名を書き留めると、特にどこにいくかのアテもなく外を歩いた。「歩きながらでも行き先を考えよう」と独り言をした。

鼓動　パリ

人生で見られるささやかだが心地いい礼儀正しさ、それがどれほど人生の旅路を歩きやすくすることか！これは一目見て惚れるような、優雅さや美しさにも勝るとも劣らないものだ。この礼儀正しさこそがドアを開き、よそものを入れさせるのだ。

「すみませんが、奥様」と私は言った、「どうかオペラ＝コミック座に着くにはどの方向に行けばよろしいでしょうか」

「ええ、喜んでお教えしますよ」と彼女は作業をやめて言った。

私の今のような質問で邪魔されてもイラつかなさそうな人を、歩きながら六軒ほど店を回ってようやく、この人だ、と思い店に入っていった。

彼女は店の奥の低い椅子でドアに面しながら座っていて、ひだ飾りを繕う作業をしていた。

「喜んで」と彼女は言い、隣にあった椅子に作業していたひだ飾りを置いて、座っていた低い椅子から起立し、とても嬉しそうな顔で嬉しそうに動作し、彼女に五十ルイ・ドールを何かで彼女に払うようなことがあっても、私は「彼女と会えてよかった」と感謝することだろう。

「ムシュー」と彼女は一緒に店から出て私が取るべき方向を指さしながら言った。「曲がり角で左の方へと曲がってください。でも注意しないといけませんよ。曲がる場所が二箇所あります。そのうち二つ目の方で曲がってください。そしてそのまま少しまっすぐ歩いたら、教会が見えます。そこを通り過ぎたら、今度は右に直角に曲がってください。するとポン・ヌフの麓へと辿り着くでしょう。その橋を渡れば、あとはわざわざ説明せずとも自分自身でとるべき道を見出すことができるでしょう」

彼女は上の説明を三回、同じような善良な気性を見せながら行った。そしてもし口調や態度にも言葉の内容に劣らず意味合いを持つとするのなら、そして実際に持つのだが（そうしたものに心を閉ざした人間でもない限りは）、そこから彼女は私が迷子にならないようにとても心配しているのが見てとれた。

確かに彼女は床屋の中でも器量の良い女であったが、私が何より彼女のその丁重な振る舞いをかつてないほどの美しさを感じ取ったのは、その顔立ちの故だけではあるまい。ただ私が今でも覚えているのは、私はどれほど彼女に恩に着ているかを伝え、その眼をマジマジと見つめ、更に彼女が私に道案内してくれた時同様の丁重さで、私は何度も彼女に感謝を述べた。

しかし、私が店のドアから十歩離れる前に、彼女の具体的な案内の内容を忘れてしまったことに気づいた。だから振り向いて、彼女がちゃんと私が右に回るかどうかを確認しているかのように店のドアの前にまだ立っていることに気づき、再び店の方に歩き、彼女に最初は右にいくべきか左にいくべきか聞こうとした。というのもそれは完全に忘れてしまったのだ。

「もう忘れたの？」と彼女は笑った。

「そうなんですよ」と答えた。「女性の良きアドバイスよりも、アドバイスする当人について考えている時は十分にありえますよ」

これは実際の事だったので、彼女は私の言葉を軽い会釈をしながらもっともなことだというように理解してくれた。

「待ってください！」と彼女は引き留めるように私の腕を掴み、店の奥から少年を呼び手袋の包みを準備するように命じた。彼女は「彼をちょうど包みを持たせてコミック座の地区へとやるところだったので、もし構わなければ中に入り、間も無く彼の準備が終わりますので、彼があなたをそこへとお連れになるでしょう」と言ったので、私は彼女と一緒に店の奥へと入り、私が座りたいだろうと思ったかのように私の手にあるひだ飾りを取り上げ、彼女も低い椅子に座り、それに合わせて私もすぐに合わせて座った。

「すぐに準備終わりますよ、ムシュー」と彼女は言った。「そしてその間、あなたの丁重な接待に対してできる限り礼儀を持って応対したいと思います」と私は答えた。誰もが一回限りだけならふと善良な振る舞いをすることはあるのだが、それを何度も行うのはその振る舞いが意図的で熱心さを伴うというものだ。「そして勿論」と私は付け加えた。「もしあなたの体内を流れ巡る血が、あなたの善良な心から来るものであったのなら、それはあなたが髄まで善良からだということを示すのですよ」（と彼女の手首を触った）。「いかなる女よりも、優れた最高の血液の脈拍があなたの体内で行われているのは、間違いないことです」。「ならほら、感じてみてくださいまし」と彼女は腕を差し伸ばした。それで私は帽子を置き、片手で彼女の指を握り、もう片手の二本の人差し指で彼女の静脈の脈拍を感じるために当てた。

「ああ、親愛なるユージニアスよ！ぜひあなたがここを通りかかって、私が黒の外套を着て座って、思わせぶりに彼女の手のドクンドクンと脈をうつ回数を一回一回数え、まるでそれは彼女が危機的な熱病に侵されていて体温の上下を心配しそれに真心から献身しているかのような様子をしているのをぜひとも見てほしかった！この私の新しい仕事について、いかに君は笑い、説教したことだろうか。しかし我が真愛なるユージニアス、信じてくれ給え、私は君のその嘲笑に『女性の脈拍を測ることによりもひどい職業なんていくらでもあるんだぜ』と答えたことだろうね。しかし脈拍を測る相手が床屋の女！しかも店が開業している状態で！ヨーリック、お前こんな……。

それはそれで結構だよ、ユージニアス。私の動機が誠実でさえあれば、世界中の人間が今の私の状態を見たところで構いやしないんだよ」

旦那　パリ

私が数えた脈のうつ回数が二十に達し、そこからすぐに四十に達するだろうと測り続けていたところ、彼女の夫が店の奥の間から突然ここに入ってきて、私の計測作業が少し取り乱された。「他でもない、彼が私の旦那ですよ」と彼女は言った。そして私は再び測り直した。「この方はとても良い方よ」と夫が我々の側を通った時に彼女は言った。夫自身が彼女の脈を測ろうとしていたかのようだった。夫は被っていた帽子を脱ぎ、私にお辞儀をし「どうも恐縮です」と言った。こう言ったあと、彼は再び帽子を被り、部屋から出ていった。

「これは一体！」と彼が出ていってから心中呟いた。「あの男が彼女の旦那さん？」

なぜ私がこのように驚いているかを察している少数の人にはうんざりさせるかもしれないが、しかし察していない人に説明しようと思う。

ロンドンでは店の経営者とその妻は一心同体であるとみなされている。肉体または頭脳を要する作業において、ある時は主人が力を発揮し、ある時は奥さんが力を発揮する。大抵の場合は双方対等な力関係を有し、男と女それぞれの領分を何とか調和させているのである。

ところがパリでは、同じ店を経営していながら夫婦はまるで別の組織にいるかのようである。立法的並びに行政的な権力行使は主人の方にはなく、そのため店に来ることは滅多にない。どこか店の奥にある暗くて陰鬱な部屋で、粗い糸で織られたナイト・キャップを被りながらビジネスとは無縁に一人ぽつんと座っているだけである。そのナイト・キャップの糸の粗さ同様に、彼自身の粗い気質もいつまでも変わらぬままに。

女子相続権を否定するサリカ法[23]は王宮以外ではどこ吹く風であり、この店も結局女の方が雑務含め完全に相続したのであった。そして朝から晩まであらゆる身分とあらゆる体格をした客と商売を彼女は続けるのであった。ゴツゴツした小石が袋の中で揺らされ続けたらと同様、女が客に友好的に接し続けたことによって刺々しさやしかめ面が削ぎ落とされ、単に丸く滑らかになるだけでなく、幾つはより輝きも増すように磨かれるのであった。しかし旦那の方はほとんど足元の小石のまま……。

確かに、確かに世の男性諸君よ、一人ぽつんと座るのはよろしくないことだ。お前たちは友好的な挨拶と社交をするために世間にいるのであって、実際私が見たように、人と人が交われば足下の小石から大いに成長できるのだ。

「それで脈拍はどんな感じですか、ムシュー?」と彼女は言った。

「とても穏やかですよ」と私はそっと彼女の眼を見ながら言った。「予想していたようにね」。これに対して彼女は何か礼としてお返しの言葉を言おうとした。しかし支度をしていた少年が手袋を持って戻ってきたので、「ちょうど良いです、私も両手につける手袋が欲しいです」

手袋　パリ

私がこう言った時、美しい床屋の女は立ち上がって、レジの後ろに行き包みを取り出して紐を解いた。私はレジを挟んで彼女の真向かいに立つように進んだ。彼女の取り出した手袋はどうも私には大きすぎるようだった。美しい床屋の女は、手袋を私の手に当てて寸法を測った。

そうしたからといって手袋のサイズが変わるわけでもないので、一番小さいサイズの手袋を試してみましょう、と私にお願いした。彼女はその小さい手袋を差し出し、私の手はするりと入った。「これは合わないですね」と私は頭を振りながらいい、「確かにそうね」と彼女も同じことをして言った。

人間の表情の一つに、単純さと微妙な複雑さが混ざったようなものもあるものだ。気まぐれさ、分別、深刻さ、そして馬鹿げたナンセンスが見事に調和し、たとえバベルにあった多数の言語が全て駆使されても、その表情をうまく表現することはできないだろう。その表情が現れるのはほんの刹那であり、その瞬間にその表情が相手に伝えられるので、その表情をさせた原因がどちら側にあるのかとても断定できないのだ。こういう表現は表現が好きで巧みな人に、何ページも渡って説明させるとして、ともかく現状としては、手袋は手のサイズと合わなかったのだ。そして腕組みをしながらレジにぼんやりと寄りかかった。レジの置き場は狭かったので、私たちの間に手袋用の包みを置くのがやっとであった。

美しい床屋の女は手袋を時折見て、そして横目で窓を見やって、そしてまた手袋に眼を向けた。そして私を見た。この沈黙を破ろうとは思わなかった。私は彼女に合わせた。つまり手袋を見て、次は窓、次は手袋、そして彼女と交互に行っていった。

私は彼女を見やるたびにどこか途方に暮れた気分になった。彼女は素早く動く黒い眼をしていて、長い絹のようなまつ毛を通して射抜くような目線を投げかけ、まるで私の心と腎臓[24]の核となる部分まで見抜いているかのようだった。こう説明すると変だと思われるかもしれないが、そう思ってしまうような目つきを彼女はしていたのだ。

「これで私としては構いませんよ」と私は側にある一組の手袋を取り出し、ポケットの中に入れた。

この手袋についてこの美しい床屋の女は、一リーヴルも要求しなかったことに気づいた。できればもう一リーヴル私に要求して欲しく、どうすればそう仕向けられるかを思案していた。彼女は私の様子を見て言った。「ねえ親愛なるあなた、他国の者に対してこの手袋に『一スー』余計に請求することなんてできると思います?」と私の当惑の動機を勘違いして言った。「そしてその他国の者というのは、私に示したその者の礼節が単に手袋のためでなくそれ以上の心から来るものであり、結果私に何もかもお任せするようにして頂いた人物なのですよ。どうしてそんなことができるとお思いですか?」「私自身にはできません。しかしあなたがするというのなら、私としては是非やっていただきたいと思いますよ!」そして私は金銭を数えて彼女の手に渡し、店の経営者の奥さんに通常やるよりも低くお辞儀をし、外に出て、手包みを持ちながら少年が私の後についていった。

翻訳　パリ

私が案内された桟敷には優しげなフランスの将校以外誰もいなかった。私は彼の気質がとても大好きで、それは軍人職業というのは大抵悪い人間をより悪くするものだが、彼の場合はより柔和になったからだというのが一つの理由で、それだけでなく、実際にそういう人物を知っていたのだ。「知っていた」というのは、彼はもうこの世にいないということなのだ。しかし彼の名前と彼に関して、この拙作に一ページほど割いて世に知らせ、少しでもこの作品の価値を高めようとしても決して問題ないかと思う。というのも彼の名前はトビアス・シャンディ大尉であり、この人は私の信徒や友人の中でも最愛の人であり、彼が死去してからかなりの時が経つというのに、彼のその博愛の心を思い起こすたびに、私の目が涙で溢れてしまうのだ。彼ゆえに、老いた軍人と聞けば、つい愛情の念を催してしまうのだ。そして私は後ろの座席を二つ分下り、彼の側に身を置いた。

この将校は小さいパンフレットを大きなメガネをかけて注意深く読んでいた。それはオペラの冊子かなんかだろう。私が座るや否や、彼はメガネを外してなめされていない緑の革のケースにしまい、それとパンフレットを一緒にポケットの中にしまった。私は半分ほど立ち上がり、彼にお辞儀をした。

この一連の動作を何らのかの文明国の言語により、文章化するとすれば次のようになる。「桟敷に誰かがやってきたようじゃが、どうも此奴はここで知り合いが誰もいなく、困っていそうな余所者じゃな。たとい彼が誰かと近づきになり、彼の鼻にあるメガネをかけっぱなしにしたところで、知り合いなぞできなかろうて。たといパリに七年住んでいようともな。彼が見ている目の前でピシャリと扉を閉めて去っていくじゃろう、彼をドイツ人よりも更にひどく扱うのは間違いあるまい」

正直、このフランス将校はこれらの言葉を口に出してもよかったのだ。その場合なら、私がした彼へのお辞儀をフランス語に言語化して、「あなたのお心遣いはわかります、だから私は何回もあなたにお礼をしようと思います」

こういった速記術を身につけることほど、社交を円滑にし、身振りや表情の変化や状態をわかりやすい平坦な言葉に変えるコツはないのだ。私自身に関しても、今までこういったことを機械的に長く続けて習慣化したので、ロンドンの通りを歩く時、このような翻訳作業をずっとやっている。何かの人の群れの後ろに立って、彼らが単語を三つも発さずとも、そこから私は二十の異なる対話を引き出し、それを誤りなく記述し、その正確さを保証できる。

ミラノのマルティーニの音楽会に夜出席することがあったが、その音楽会の会堂の入り口にちょうど入ろうとした時、F侯爵夫人が何やら慌てふためいた様子で出てきた。彼女を見てとる前に、私に危うくぶつかりそうになった。だからさっと私は横へどいて、彼女を通そうとした。彼女もさっと横へ、私と同じ方向にどいた。するとすぐに今度は逆側へと跳んで、出ていこうとした。しかし今度は私がヘマをやらかした。というのも私も逆側へと跳んで、彼女の進行を妨げたからだ。私たち二人は逆側へと一緒に跳んで、そして戻って、そういったのが続いた。実に滑稽なことだった。恥ずかしさのあまり双方とも、赤面した。そして本来やるべきだった動作、つまりその場で身動きせずに立ったままでいることにして、侯爵夫人はようやく問題なく出ていくことができた。私はその場でじっと立ち廊下を下って去ってゆく彼女の姿を目で追って、彼女に何らかの相応の償いをせねば街道へと入ることはできない、と思った。彼女は二度振り向き、階段を上がって彼女の側を通る者がいたなら難なく通過できるように、や壁側に沿って歩いた。いや、それは卑しい翻訳だ。侯爵夫人には私のできる限り丁重な謝罪を受け取る権利がある。彼女が開けたスペースはそれをするのに十分だった。だから私は彼女の後を追いかけ、私の先程の動きはあなたを差し障りなく通すためです、と彼女への無礼について謝った。私も同じようなことを思ってあのような動きをしたのです、と彼女は答えた。そうして相互に感謝し合った。彼女は階段のてっぺんにいて、何やら愛人らしき男が側にいるわけでもないようなので、よろしければ彼女を馬車に案内しましょうか、とお願いした。そして一緒に階段を降りながら、三段ごとに音楽会や先程の恥ずかしい行動について話し合った。私が手を貸して彼女を馬車に入れながら言った。「私の言葉にかけて、奥さん、先程あなたをお通しする為に私は六回も跳んだり跳ねたりしたのですよ」。「私も六回、あなたを入れるためにしたのですよ」と彼女は答えた。「それでは七回目も是非していただきたいものですね」と私は言った。「ええ、是非とも」と彼女は席を空けながら言った。形式的なことに拘りすぎていては、人生はあっという間に終わってしまう、だから私は即座に馬車の中に入り、そして彼女が私を自宅へと連れ帰ってくれた。ところで音楽会についてどうなったかと言えば、それは聖セシリア[25]（その音楽会に居合わせていたはずだが）の方がより詳しく知っているだろう。

一つ付け加えるとすれば、私の行ったいつもの翻訳によって生じた縁は、私がイタリアでお近づきになったどの人よりも大きな喜びをもたらしてくれた。

侏儒　パリ

以下の私の意見を抱いている人物を他に今まで一人もいようとは思ってなかった。一人を除けば。そしてその一人とは誰かと聞かれれば、この章を読めばわかるだろう。ほとんど先入観を抱いていなかったから、平土間に目をやった時に胸が打たれたのにはもっともな理由があったに違いない。その理由とは、一体全体自然はどのような戯れで、これだけの侏儒を作り出したのか、ということだ。もちろん、自然は世界のほとんどあらゆる片隅で、時折戯れを行う。しかしパリでは、自然の戯れの程度がどこまでも留まることがないみたいだ。女神様は、大変聡明であると同時に、喜びではしゃいでいらっしゃるみたいだ。

私はこのような意見を抱いてオペラ＝コミック座を出て、私は街の通りを歩いている一人一人について先程の意見に照らし合わせてみた。その結果の悲しさときたら！特にその大きさがあまりに小さかった時、顔がとても黒かった時、目の動きが敏捷だった時、長い鼻をしていたり白い歯をしていた時、突き出た顎をしていた時、自然の気まぐれな戯れによってほとんど人間とはいえぬような種族になってしまった、これほどの悲惨な者たちを見ようとは、その私の気持ちは筆舌に尽くし難い。三人に一人が侏儒だなんて！背が曲がり、頭がとても脆弱で不安定で、またガニ股の者もいて、更には六、七歳の頃により自然の力によって成長が止められた者もいる。矮性のリンゴの樹のように、何か欠陥や障害があるわけではないのだが、この世に生を受けた時からこれ以上成長しないような者と見受けられるようなのもいた。旅行者の内で医学に携わる者なら包帯等で身体を締めつきすぎたのが原因だと言うだろう。気難しい者なら、育った環境の空気が良くなかったからと言うだろう。好奇心の旅行者なら、彼らの家の高さ、住んでいる通りの狭さ、どれだけ七、八階の建物の僅かな面積でブルジョワたちが寝食を共にしていたのかを測定し、それらを原因とするだろう。しかしシャンディ氏（兄の方）は他の誰とも違った解釈をし、これらのことについてある晩彼の意見を聞くことになり、彼が断言するには「他の動物のようにああいった侏儒たちは本来然るべき大きさへと成長するはずだった。だが何が悲惨だったかというと、パリの市民たちはとても窮屈に押し込められているので、そういった然るべき人々を産むことができなかったのだ」と彼は言った。続けて彼は「何も産んでないも同然だ。いや、何も産まないよりも遥かに酷い。というのも二十年か二十五年ほど温かさ溢れる世話をし、もっとも栄養を含んだものを口にさせてもなお、私の腰程度にしか過ぎぬ身長の人間しか育て上げられなかったのだからな」。そしてシャンディ氏も相当する身長が低い方だったので、もうそれ以上言えることはなかった。

この作品は論文等ではないので、実際の原因は私が見出したものとして、とにかくパリの表通りと裏通りを見れば、パリが侏儒で溢れかえっていることだけは確かだ。カルーセル広場からパレ＝ロワイヤルへとつながる通りを歩いていたら、通りの真ん中を走る溝のそばで小さい少年が何やら困って状態にあるのを見つけ、私は彼の手を握り、溝を越えるの手助けをした。彼の顔をよく見るように彼の顔を上げさせると、彼が四十位の年齢だと見受けられた。いや、気にすることはない。私が九十辺りの年齢に老いた時、健康な肉体を持った人間がこんな感じで私を助けてくれることだろう。

何やら義務らしきものが心に芽生え、世の中を渡っていくにあたって十分な体格や強さを持ち合わせていない、同じ人間なのに不公平にも苦難を被った彼らに寛大でなければならない気がした。彼らのうち誰か一人でも蹂躙されるのは見ていられなかった。そしてフランスの老いた将校の側に座るや否や、桟敷の下でまさに今言ったことが起きたのを見て、すっかり嫌悪感を抱いてしまった。

特等席の端に、そしてそれと横桟敷の間には小さな通路があえて残されており、というのも会場が満員の時、あらゆる身分の人が何か非常事態にそこから避難できるようにしてある。ここで平土間のように立って催し物を見るとしても、特等席との値段は変わらない。哀れな身を守る術がない侏儒が、何かの理由でこの不幸な場所に押し込められた。その夜は暑く、八十センチ弱ほど自分より身長が高い人たちの間に囲まれていた。侏儒は四方八方から言いようのない圧迫感を感じていた。しかし彼を何よりも困らせたのは、二百十センチほどの身長のよく太ったドイツ人が彼との前に立っていて、侏儒はとてもじゃないが舞台や俳優を見ることなどできそうもなかった。彼は前方で起きる出来事を少しでも見ようとあらゆること、ドイツ人の腕と身体の小さな隙間を見つけ最初は片側、次はもう片側と覗き込んだりしたが、そのドイツ人はこれほど邪魔をさせるようなのがあるのかと言いたくなるばかりの姿勢で真っ直ぐに起立していたので、とても自分の望みが叶えられそうになかった。正直なところ、これなら侏儒がパリの最も深い汲み上げ井戸にいたのと変わらなかった。だから彼は礼儀正しく自分の腕をドイツ人の袖へと伸ばし、自分が見えないのだ、ということを伝えた。ドイツ人は振り向きゴリアテがダビデを見たように、侏儒の方へと目を下ろした。そして特に何とも思うことなさげにさっきまでの姿勢のまま前を再び向いた。

私はちょうどこの時、托鉢僧の角製の小さなタバコ入れから、タバコを一本取り出していた。そして親愛なる僧よ！このような場合、髄まで柔和で丁重なあなただったなら……あなただったならこの哀れな魂の持ち主の不平に、どんなに心優しく耳を傾けることだろう！

私がこんな風に思わず発し、目線を感情的に上へと向けるのをフランスの老将校は見て、彼は一体どうしたのか、と尋ねた。私は今しがたの出来事を、三つの単語で知らせた。そして実に非人間的だ、と付け加えた。

この時侏儒は極限まで追い詰められているような状態で、大抵理など見出せぬ最大級の怒りの状態にあった。彼はドイツ人にお前の長いお下げの髪をナイフでちょん切るぞ、といった。ドイツ人は冷静な態度で振り向いて、もし届くのならぜひご自由にどうぞ、と述べた。

単に相手の心を傷つけるだけでなく、それの残虐さを更に増すような侮辱を行う者は、たとえそれを誰が誰にやろうと、感情を持っている人だったら皆被害者側の味方をするだろう。今しがたの侮辱を取り消させるために桟敷から飛び出してもよかった。ところがフランスの老将校は、もっと騒ぎを起こさない巧みな方法で事を片付けた。というのはやや体を前にのり出して、番兵に合図をし、侮辱の現場を指さした。そして番兵はその現場へと足を運んだ。わざわざ現場で起きたあの苦々しい事情を説明するまでもなかった。現場を見れば事の粗筋は読めたのだった。番兵は自分の銃を突きつけドイツ人を引き下がらせ、即座に哀れな侏儒の手を取って、彼をドイツ人の前に立たせた。これは立派な光景だ！と私は手を叩いて言った。「しかしここが英国なら」と老将校は言った。「このようにあなたは武力で解決するのを望まないでしょうな」

「英国なら、親愛なる方、こういった騒ぎはなく皆リラックスして座れますからね」と私は述べた。

私の理性が混乱してもこのフランスの老将校なら、その混乱から理性を平静にしてくれただろう。というのも彼は「面白い言葉」だと言ったからであり、この「面白い言葉」というのはパリにおいて常に称賛の意味合いがある言葉であり、彼はタバコを一つまみ私にくれた。

薔薇　パリ

「一体どうしたのですか?」と今度は私がフランスの老将校に尋ねなければならなかった。というのも平土間のあちこちから「神父さんよ、両手を挙げろ」という訴えが響いてきたからだ。そして先程の私の托鉢僧への呼びかけが老将校には分からなかったのと同様に、このことが何のことやら私にはわからなかったのであった。

彼は私に説明するには、上の方の桟敷で貧しい神父か誰かが、歌劇を観る為に二人の職業婦人の後ろにこっそりと忍び込んでいたようで、平土間の客が彼を見つけ歌劇が行われている間は両手を挙げていろと訴えていたようである。それに対して私は「しかし、聖職者とあろう者が職業夫人の持ち物を盗み取ろうとするなんてあり得ますかね?」フランスの老将校は微笑んで私の耳に囁きながら、私がとても思いつきそうにもなかった見識を披露してくれた。

「まあどうしたもんです!」と私は驚愕しながら顔が蒼白になった。これほど感情豊かな国民が、同じその人間とは思えぬような不潔な振る舞いができるものとは！「何たる不作法」と私は付け加えた。

フランスの老将校が私に言うには、こうしたことはモリエールの『タルチュフ』が上演され始めた辺りから劇場にて行われてきた、教会への下品な風刺らしい。しかしあの野蛮な中世の習慣というのはなくなってきているものです。どの国にもその国の流儀による洗練さと下品さがあり、交互に表れでるものだと老将校は言った。なんでも彼は大多数の国に赴いたことがあり、他の国ではあり得なさそうな何らかの洗練さというものをどの国にもあるのだ、というのだ。「どの国にもいい所と悪い所がある。どこにも善と悪があり、それによって均衡が取れているのだ」と彼は言った。「そしてこうしたことを頭に入れておくことだけが、世界の片方がもう片方に抱く偏見・先入観から脱することができるのだ。こういった礼儀作法に関して旅行が大いに役立つのは、人々とその態度をたくさん目にすることができるからだ。それにより、互いに相手に対して寛大になることができるのだ」と彼は言い、最後に「相互に寛大になることにより相互を愛することを覚えることができる」と結論づけた。そして私にお辞儀をした。

この説明を、彼の人柄に対して抱いた好意的な第一印象と一致するような素直さと思慮深さで行った。私はこの人がとても好きだと思った。しかし好きだったのは実はこの老人ではなかったのかもしれない。私の自己流の考え方だったのかもしれない。ただ、私は彼ほど半分も上手く説明できなかっただろうが。

もし乗っている動物が耳をそば立て、今まで目にしたことのない対象全てに向かって突然足を動かせば、乗り手と乗っている動物を同じくらい厄介なものだと思うだろう。このことに関して、私はいかなる生き物よりも悩まされることはないと思っている。だがそれでもなお正直に告白すれば、目に耳に入る様々な目新しい対象に対して私は苦痛を感じてしまうのだ。パリに来てからも最初の一ヶ月間は新しい言葉をたくさん聞いては赤面したものだ。もっとも二ヶ月目になると、それらも取るに足らないもので、何の罪もないものだと知るようになった。

ランブリエ夫人は、彼女と知り合って六週間後、私を馬車に乗せ街から十キロ弱ほど離れた場所へと連れていって下さった。あらゆる女性の中で、ランブリエ夫人ほど礼儀正しい者はいない。これよりもなお徳性と貞淑な心の持ち主を見ようとは願わない。郊外から戻る際、ランブリエ夫人は私に馬車を少し停めるようにお願いした。何か問題があったのかと彼女に聞いたが、「少々お手洗いへ」と彼女は言った。

おお心の広い旅行者よ、ランブリエ夫人が花を摘むからといって悲しんではならぬ。美しく神秘なる乙女たちよ、汝らも薔薇を摘むがよい、そして歩きながらその通りに撒き散らすが良い。ランブリエ夫人だって同じことをやったではないか。私はランブリエ夫人に手を貸して馬車の外に出した。そして仮に私がカスタリアの泉[26]に仕える神官であったとしても、彼女の泉での行為に仕えたほどの恭しさは持たなかったであろう。

第二巻

小間使　パリ

かのフランスの老将校が旅について語ったことは、あのポローニアスが同じ題目を息子に語ったことを連想させた。[27] それが『ハムレット』の作品を思い起こさせ、そして『ハムレット』からシェイクスピアの残りの作品群を思い起こさせた。それで宿に帰る途中、コンティ河岸通りにある本屋で足を止め、シェイクスピアの全集を買おうとした。

本屋の主人は、全集はからっきしないと言った。「何でまた！」と私は二人の間にある勘定台の上にある全集から一冊取って言った。彼が言うには、それらはあくまで製本のために置いてあるのであって、ヴェルサイユのB伯爵へ明日の朝送り返されるものだった。

私は「それでそのB伯爵というのは、シェイクスピアの作品を読まれるのですか？」と聞いた。「彼は実に知的な方でして」と彼は答えた。「その方は実に英国の本がお好きでしてね。そしてなおさら偉いことはですね、ムシュー。英国人も好きだということですよ」。「実に心をくすぐる言い方ですな。英国人が聞いたなら一か二ルイ・ドールをあなたの店で買い物として払うことでしょうね」。本屋の主人はお辞儀をし何か言おうとしたところ、二十歳ほどの上品な女性が店に入ってきた。彼女のその雰囲気と身なりを見たところ上流社会の敬虔な夫人に仕える小間使かと思われた。彼女は本屋の主人に『心と精神の迷い』[28] はないかと尋ねた。本屋の主人は彼女に尋ねた本を手渡した。彼女は緑色の繻子でできた、同じく緑色のリボンが巻かれた財布を取り出し、財布の中に指を入れて金を出して、主人に払った。私はもう本屋にいる用事がなかったので、彼女と一緒に店を出た。

ところでお嬢さん、『心と精神の迷い』は一体どうするおつもりですか。どうもあなたほどの年齢だとそんな迷いなぞ生じるとは思えませんが？初恋をしたり、どこかの移り気な羊飼がそれであなたを苦しめたのでない限り、そういった迷いというもの自体があろうなどとは思いもよらないことではありませんか？」「ああ、神のご加護を」と娘は言った。「もっともなことです」と私は言った。「善良な心の持ち主なら、心が盗まれるようなことがあればそれは実に残念なことです。あなたの心は小さな宝物であり、真珠で身を飾った場合よりも貴方の顔をより美しくさせるものでしょう」

若い女は手で繻子の財布を巻いてあるリボンをずっと握りながら、私の話に大人しく耳を傾けていた。「とても小さな財布ですね」と私は底の部分を掴みながら言った。彼女はその財布を私に差し出した。「そして、お嬢さん、わずかな金額しか中には入ってないようですね」と私は言った。「しかし、貴方のお顔同様に、心も美しくあれば神様がその財布を満たしてくれるでしょう」。私はシェイクスピアの全集を買うためにクラウン銀貨を少々握っていた。そして彼女は私に財布をすっかり渡していたので、銀貨を一枚その中に入れた。そして蝶結びでリボンを締めて彼女に財布を返した。

若い女性は通常する低いお辞儀よりも、さらに丁重に低くお辞儀をした。そのお辞儀は、心そのものがお辞儀をした時のような静かで感謝に満ちた身の屈め方であった。クラウン銀貨を一枚女性にやっただけで、今までこの半分も心地いい気分になったことはなかった。

「ねえ、お嬢さん。もし私がクラウン銀貨を与えなければ私の助言など一文の値打ちもなかったことでしょう。しかしそれを渡した今、そのクラウン銀貨を見れば私の忠告を思い出してくれるでしょう。だから、お嬢さん、どうかそれをリボンなんかで出費しないでくださいね」

「ええ、誓って。そんなことはあり得ません」と娘は熱心な顔つきで言った。そして、ささやかな心のやり取りをする時はよくやるように彼女は私に手を差し出した。「本当に、ムシュー。この銀貨は他の金銭とは別に取っておきますわ」と彼女は言った。

男女の間に道徳的なやり取りが交わされた時、その二人以外誰の目にも入らぬ歩みでも神聖なものとなる。すでに辺りは暗くなっていたが、私たち二人の歩く道は同じだったので、何の躊躇もなくコンティ河岸に沿って一緒に歩いた。

私たちが歩き始めた時、彼女はもう一度会釈をした。本屋の扉から二十メートルと歩かずに彼女は少し歩みを止め、繰り返し私に感謝を示した。先ほどの感謝だけでは足りないかのようだった。

「これは清い心に捧げずにはいられない、わずかな奉献です。だから捧げた相手が見当違いだったというのはあり得ません。私には無垢なるものが見えます、貴方の顔にね、お嬢さん。そうした無垢な者に対して誘惑をしようとする者に災いあれ！」

私が言ったことに関して、何か感動した様子だった。彼女はそっと溜息をついた。私はその溜息の理由を尋ねることはできないのを自分に感じた。だから別れを告げなければならぬ、ネヴェル通りの曲がり角にたどり着くまで何も言わなかった。

「ところでお嬢さん、オテル・ド・モデーヌへ行くのはこちらの通りですか」[29]と私は聞いた。そして彼女はその通りだと言った。あるいは次の曲がり角にあるゲネゴー通りから行ってもいいかもしれないとも言った。

「それならお嬢さん、ゲネゴー通りで曲がるとしましょう。というのは二つの理由があります。まず、第一としては私がそう好むからです。第二としては出来る限り貴方と一緒にいて貴方をお守りすることができるからです」。彼女は私の好意を感じ取ってくれた。そして「オテル・ド・モデーヌがサン・ピエール通りにあればいいのに」と言った。「貴方はそこにお住まいなのですか」と尋ねると、彼女はR夫人の小間使なのだと答えた。

「何たる偶然!それはまさしく私がアミアンから手紙を届けるために訪れようとしている夫人ではないか」と私は言った。そういえばR夫人は誰か知らない人が彼女に手紙を持ってくるのを待っていて、是非ともその手紙を届ける男性に会いたいと思っているということを私に伝えた。だから彼女にR夫人にどうかよろしく申し上げて、明日の朝必ず手紙をお届けに伺うことを伝えた。

こういった会話が取り交わされている間に、ネヴェル通りの曲がり角にじっと立っていた。彼女が『心と精神の迷い』を手に持つよりももっと都合良く始末をつけようとしていた時、その本は二巻に分かれていたので彼女が第一巻をポケットに入れようとしていた時に、私はもう一方の巻を手で持ってあげた。そして彼女がポケットを広げたので、もう片方をそこに入れた。私たちの愛情がいかに絶妙な糸筋で織られているかを思えば、とても甘美な気持ちになる。それからまた歩き始めて、彼女が第三歩目を踏む際、彼女はその手を私の腕にかけた。私はちょうど手を貸して下さい、と言うところだった。しかし彼女の方から何気ない無邪気さで行い、私と出会ったのは今日が初めてだということは、脳裏にわずかにも過《よぎ》らなかったみたいだ。私自身について言えば、彼女と何らかの血縁関係を有している確信を強く抱いており、つい半分ほど振り向いて彼女の顔を見て、何か彼女の顔に私の家族と共通した顔立ちが見受けられるか、確認せずにはいられなかった。「ちぇっ！」と私は呟いた。私たちは皆家族ではないのかね？

ゲネゴー通りの曲がり角に到着した際、今度こそ別れを告げなければならないために足を止めた。彼女は私が一緒に歩いて優しい態度で接してくれたことに再び感謝の意を示した。彼女は私に二回別れを告げた。私もまた二回別れを告げた。私たちの別れは実に心のこもったものであったから、もしこの別れが別の土地で行われたのならば、使徒のように温かさと神聖さのこもった慈愛の接吻で、二人の仲を締めくくっただろう。

だがパリでは、男たち同士でないと接吻はしないことから、接吻と同じ意味合いを持つことを行った。

「神の祝福を」と彼女に伝えた。

旅行免状（一）　パリ

宿に戻ると、ラ・フルールが伝えるには警部補が来て私のことを尋ねていったそうだ。「これはしまった！」と私は言った。私にはその理由がわかっていた。ちょうど今が読者諸君に一体全体何が起きたかをお伝えすべき時だろう。今まで書き漏らしていたので、順を追って説明していきたいと思う。とはいっても書くのを忘れていたわけではない。しかし最初にお伝えすると、すっかり忘れてしまうのではないかと危惧していたのだ。しかし今こそがその機会なのだ。

私がロンドンを出発する時はとても急いでいたので、祖国がフランスと戦争中だということを完全に忘れていた。[30] すでにドーヴァーに到着してブローニュの丘の向こう側を望遠鏡で眺めていた。そして馬車の中で旅行免状なしではその向こう側へと行くことはできないことに気づいた。たとえ街の外れの部分にしか入れなくとも、私が出発した時から何ら学ばずに引き返そうなどとは死んでもあり得ないことであった。今回の旅行は、こういった学びの中でも最大限の努力を払ったものだから、なおさらそんな考えは耐えられなかった。そこで〇〇伯爵が便船を雇ったと聞いて、彼のお供として連れて行ってくれないかと尋ねた。伯爵は私のことを少々知っていたので、二つ返事で肯定してくれた。しかし伯爵は私のその願いを叶えられるのはカレーまでだと述べた。というのも彼はブリュッセルからパリへと戻る途中であった。しかし一旦カレーまで行けば、パリまでは何の差し障りもなく到着できるだろう。しかしパリでは私自身で知り合いをつくり、何とか都合をつけなければならないとのことだった。どうかパリへと行かせて下さい、伯爵殿、と私は言った。そうすればどうにかこうにかやっていけます。そういうわけで私は乗船し、このことについてはもう考えなくなった。

ラ・フルールが、警部補が来て私を探していたことを伝えたら、今のことを直ちに思い出し、そしてその時に宿の主人が私の部屋に入ってきてラ・フルールと同じ内容を私に伝えた。ただ主人は更に、旅行免状についても具体的に尋ねたと言った。「貴方は旅行免状を持ってらっしゃるでしょうね」と聞いて締めくくったが、「いえ、持っておりません」と私は答えた。

こう答えると、宿の主人はまるで病に罹っている人を避けるように私から三歩下がった。逆にか弱いラ・フルールは私の方に三歩進み出たが、それは善良な人間が苦しんでいる人を助けようとするような類の仕草だった。彼はこうして私の心を惹きつけた。そしてこの振る舞いだけで、彼があたかも七年間忠実に仕えたかのように、彼の人物像を完全に把握し、実に信頼のおける人物だということが見てとれた。

「お客様！」と宿の主人は叫んだ。しかしそう叫びながら、ある事に気づきすぐに口調を変えた。彼が言うには「お客様、もし貴方が旅行免状をお持ちでないとしても、恐らくはそれを手に入れてもらえるお知り合いがパリにいらっしゃるはずでしょう」。しかし私はそれに対して「いえ全くおりません」と無関心な態度で答えた。すると主人は「ならば確実に、バスティーユかシャトレに送還されますよ、少なくともね」と言った。「そんなばかな！」と私は言った。「フランスの国王はとても善良な方だ。彼が誰かを傷つけるなんてあり得ないですよ」

「たとえそうでも、困った事態だということには変わりありません」と彼は言った。「間違いなく貴方は明日の朝にはバスティーユに送還されるでしょう」

「しかし私はすでにこの宿で一ヶ月間宿泊する手続きはもう済んでいるのですよ。フランスの王様の全員がたとえ一斉に命令したとしても、私はこの宿で宿泊する予定の日数が全部終わるまでここを出ていくものですか」と私は言った。するとラ・フルールは私の耳に囁いて、誰もフランスの国王様に逆らうことなどできやしないことを伝えた。

「こりゃあ驚いた！英国の方々は実に変わった人たちなのですね」宿の主人はそう毒づくように言って出ていった。

旅行免状（二）　パリの宿

私がしかめ面をしながらこの件について当惑した様子をしているのを、ラ・フルールに見せて彼の心を苦しめるようなことはしたくなかったということもあり、どこか無頓着に先ほどの件で主人に応じたのであった。そして先ほどの件は取るに足らぬことだと知らせるため、私はこの件についてもう何も話さなかった。そして彼が夕食の支度をしている中、平常よりも更に陽気にパリやオペラ＝コミック座について話しかけた。ラ・フルールもまたオペラ＝コミック座まで出かけて、本屋までは私と一緒に歩いていった。しかし私が若い小間使と一緒に本屋から出てきて、コンティ河岸を共に歩いていくのを見ると、これ以上自分は主人について行く必要はないと悟り、自分の判断で近道を通り、先に宿に戻り私の到着よりも前にあった警察の尋問に居合わせたわけであった。

この正直者が引き下がって夕食のために下に降りていってから私は置かれている事の次第について少し真剣に考え始めた。

さあこうなってくると、ユージニアスよ。私が出立する時に我々二人の間に交わされた短い対話を思い出しさぞや微笑んでいることだろう。そのことについてここで話さなければならない。

ユージニアスは、私が思慮同様金もあまりありそうもないということを知っていたので、彼は私を側に呼び、どのくらいの金を出立のために用意しているのか尋ねた。彼に正確な額を伝えたら、ユージニアスは頭を振り、それじゃあ全然足りないと述べた。そして彼は自分の財布を取り出し、その中身を私の財布に入れようとした。ユージニアス、僕は本当に大丈夫だからと述べた。いやヨーリック、お前にはその金じゃとても足りないと彼は答えた。俺はフランスとイタリアを君よりも詳しく知っているんだ。それに対して私は、でもユージニアス、君は知らないだろう。パリに到着して三日と経たないうちに僕は何かバスティーユにぶち込まれそうなことを言うなりするなりして、そうすれば数ヶ月間そこでフランス国王の出費の下で暮らすことができるんだ、と言って彼の提供物を拒絶した。それは失礼した、いや本当に。まさかそんな手段があろうなんてすっかり忘れていたよ、と彼は言った。

そしてこんな気軽に冗談めいて言ったことが、実際に私の身の上に起こりそうになっていた。ラ・フルールが階段を降りていって一人でいた時、この事をユージニアスと語った時とは違いもっと真剣に考えようとは思わなかったのは、愚かさか、無関心さか、哲学からか、強情さからか、それともともかく一体私のどんな性質に起因するものなのか。

ところでバスティーユといえばどうだろう！その言葉だけでも恐ろしさがわかる。前向きに捉えてみろ、バスティーユなんて所詮「塔」という単語の別の形の言葉に過ぎないんだ、と私は言った。そして「塔」というのもまた、出ることのできない家というものの別な単語に過ぎないのだ。痛風患者に幸あれ！というのも彼らはそこに年に二回収監されるのだから。しかし一日に九リーヴルあって、ペンとインキと紙と忍耐があれば、たとえ人が外から出られないとしても建物の中ではどうにかこうにかやっていけるものだろう。少なくとも一ヶ月か一ヶ月半ほど。もしその人間が無害な人間なら、その期間も終わる頃には、無垢な顔つきをするようになり、最初建物に収監された時よりもよりよく、より賢い人間として出てくることになるだろう。

何かのきっかけで（具体的に何のきっかけだったかは忘れた）中庭に足を運ぶことがあり、今の考察を巡らせて結論づけていた。そして自分の理屈づけに満更でもない自惚れを抱きながら階段を降りていった事を覚えている。陰気な文体なんてくたばってしまえ！そういうものは喜びの敵であり、私の苦痛を再び思い起こさせるものだと私は得意げに言った。その文体の、人生の災厄をとても辛辣で凄惨な色調で描く力なぞ私は羨みはしない。心というのは自分で誇張して捉え、より恐ろしいものとして捉えた対象に対して恐怖を抱くものだ。そういったものは、本来の規模と色合いに戻し、そうすれば心もそれに怯えず見過ごすことだろう。「いやそりゃあ確かに」と私は自説を修正し始めた。「バスティーユに投獄されるのは決して取るに足らぬ災厄なわけではない。しかし塔なぞないと思い、溝も埋めて、固く閉まった扉もないものだと思え。単に中に閉じ込めるだけであり、その原因は何らかの病の暴君だ、と思えばいい。お前を閉じ込めるのは同じ人間だ、と思わなければいい。そうすれば投獄という災厄のうち半分ほどはなくなり、残りの半分を愚痴る事なく耐えられるだろう」

　私がこんな感じで独り言をしている真っ最中に、子供と思しき声が「出られない」と訴えていた。私は通路の上下左右を見回したが、男も、女も、子供も見当たらなかった。そのためそれ以上注意することなく出ていった。

　通路を戻る際、先ほどの言葉が二度繰り返されるのが聞こえてきた。見上げると、それは小さな籠に吊るされた椋鳥《むくどり》が目に入った。「出られない、出られない」そう椋鳥はしゃべった。

　私はその椋鳥を見つめたままじっとしていた。その椋鳥はその通路を通るもの皆に羽を寄せて、囚われの身である自分について嘆くように囀り聞かせた。「出られない」と椋鳥は言った。「ああ、神様、助け給え」と私は言った。「どんな面倒なことになろうと、君をそこから出してあげよう」。そのため、扉に手をかけようとして籠をあちこち回した。だがその籠は針金が何重にもしっかりと巻いてあったので、籠を壊さない限りは、とても開けることはできなさそうだった。そこで私は籠に両手をかけた。

　椋鳥は私が逃がしてやろうとしているところへと羽ばたいて、まるで待ちきれないように、格子から首を出し、胸を格子に押し付けた。「可愛そうなやつ！私はお前を籠から出して自由にすることができない」と私は言った。「うん」と椋鳥。「出られない、出られない」と椋鳥は言った。

　誓って言うが、私がこれほど優しい愛情が呼び起こされたことはなかった。同時に泡のような理性に基づき浮ついた私の心が、突如現実へと引き戻されるような出来事に、今まで出会ったことがなかった。椋鳥のその囀りは機械的なものだったが、あまりにも真に迫る勢いで囀《さえず》っていたので、バスティーユに関する先ほどの体系的な理論が一瞬にして全て覆された。そして重い足取りで階段を上がり、階段を降りる際に発した言葉を撤回していくように足を進めていった。

「収容された囚人よ！いかにその姿を汝が変えようとも」と私は言った。「それでもなお汝は苦杯であることに変わりはない。そしていつの時代も何千人ともその苦杯を飲み込まざるを得なかったとしても、それでその苦味が和らぐというわけでもない。汝、甘美にして優雅なる女神よ（そう私は自由の女神に呼びかけた）、公私共々に崇められる女神よ。汝の味は恩恵深く、「自然」そのものが変わらぬ限りいつまでも永劫にそうであろう。いかなる言葉でも、汝の雪のように純白な衣や、いかなる錬金術を発揮しても汝の笏を鉄に変えることはできない。固いパンを齧る田舎の男子に汝が一緒に微笑めば、彼は彼を宮廷から追放した君主よりも幸福になろう。恵み深き天よ！（と私は叫びながら、上がっている階段の上から二段目で跪いた）健康を授与する偉大なる汝は私にまさにそれだけを授与し、私の道連れとしてかの美しき自由の女神を同伴者として授け給え。そして同じくそれを切に求めている者共にも、彼らの様が汝のその神聖なる天意に叶うものならば、それらの頭上に法冠が降り注がんことを！」

囚われし者　パリ

籠の中にいる鳥は、私の部屋まで付きまとってきた。私は机の近くに座り頭をもたげて、囚われの身となることの悲惨について思いを巡らせた。ちょうど考察するための恰好の姿勢だったので、想像の翼を大いに広げてみることとした。

まず、生まれながら奴隷の境遇以外何も持たない者たち、無数の同胞たちについて考察してみた。しかし、想像する映像がどれほど痛々しいものだろうとも、実像を空想することは出来そうにもなく、その空想における哀れな大多数の人々を思い浮かべることは、ただ徒に頭を掻き乱すに過ぎなかった。

そこでまず、たった一人の囚人を連想し、彼が洞窟に閉じ込められた様を想像した。そしてその際より一層その姿をリアルなものとするため、彼を薄暗い格子越しに覗いてみることとした。

私は彼の肉体が、長期にわたる出られることへの期待と幽閉により半ば消耗されている状態にあるのを見て、そして外に出るという希望がいつまで経っても満たされぬ場合、病んだような心情を抱くのか想像した。彼をもっと間近で見ると、蒼白で熱っぽかった。三十年の間、西から訪れる涼しい風は、彼の血を一度たりとも扇ぐことはなかった。彼は太陽も月も、囚われている期間中ずっと仰ぎ見ることはなかった。友人や身内の声も格子越しに聞こえてくることはなかった。子供たちもまた……。

しかしこうしたことを考えていると、私の心は吐血せんばかりの苦しさになった。そのため、もっと別の側面から考えざるを得なくなった。

彼は洞窟の奥の片隅で、わずかな藁の上に座っていたが、それが彼の椅子と寝台の代わりであった。小さな暦を示唆する棒切れが頭のところに置かれており、洞窟で過ごした陰惨な日夜の数を示している。彼は小さい棒のうちの一本を手に握っていて、錆びついた釘を使い、それまで積もった日数に更に惨めなもう一日を刻んでいた。そして彼の洞窟に差し込んでいた仄かな光を暗くしたら、彼は絶望した目線を上げ扉の方にやってまた下げた。そして頭を振って、苦しい仕事を続けた。棒切れの束に握っていた小さな棒切れを置こうと体を回したら、彼の足につけられた鎖が音を立てるのを私は聞いた。彼は深いため息をついた。銅が彼の魂に喰い込むのを私は見た。そして私はついわっと泣き始めた。私が今しがた想像している囚われ者の想像にこれ以上耐えられなかった。椅子からガタっと立ち上がりラ・フルールを呼んだ。そして貸馬車を予約し、明日の朝九時に宿の扉で待機するように命じた。

「即座にそのままショワズール公爵へと赴く」と私は言った。

ラ・フルールが私にベッドに寝かせてくれるだろうが、私の頬にあるものを彼には見せたくなかった。そうすれば彼の心は痛むだろうから。だから彼に自分でベッドに就くと言い、自分も同じようにベッドに就けと言った。

椋鳥　ヴェルサイユの途上

私は言いつけておいた時刻に貸馬車に乗った。ラ・フルールは馬車の後ろに乗り、御者にヴェルサイユに至急向かえと命じた。

路上に何かあるわけでもなく、というより旅行者として興味を惹くようなものはなかったので、馬車に乗っている間のエピソードを埋めるには前章の主題であった椋鳥についての簡単な来歴を記すのが最も適切だと感じた。

○○閣下が風の便りをドーヴァーで待っていた際、彼の下僕である英国の若者が、まだうまく飛べないこの椋鳥が崖にいるのを見つけた。その鳥を殺したくはなかったので、自分の胸元に抱いて便船に乗った。そして餌を与えてその鳥を保護していくうちに、一日二日のうちにその鳥が好きになって、パリへと安全に鳥と若者が到着した。

パリでは、この椋鳥のために小さな籠を一リーヴル払って購入し、彼の主人がそこに滞在する五ヶ月間、特に何かすることがあったでもないので、彼はその鳥に母国語での簡単な単語四つ（というより四つだけ）教えた。そしてそれが私にあれほどの恩恵を施すことになったというわけだ。

彼の主人がイタリアへと赴くに際して、若者はこの鳥を宿の主人に与えた。しかしその鳥の囀る自由の歌は、パリでは未知の言語であったゆえに、椋鳥は宿の主人にほとんど顧みられることはなかった。それでラ・フルールはブルゴーニュの葡萄酒と引き換えにその鳥と籠を私のために持ってきてくれた。

イタリアから帰る途上、私はその鳥が歌う言語を話者とする国へと連れて行った。そしてその鳥の話をA卿にすると、彼はその鳥が欲しいと言った。一週間したらA卿はB卿に鳥を渡した。B卿はC卿に贈り物としてその鳥を渡した。C卿の侍者は一シリングでD卿に売却した。D卿はE卿に渡した。とこんな具合である。アルファベットの合計数二十六のうち、半分の回数この鳥は飼い主を変えたのだった。そこからついには貴族階級から下院の連中の手に渡り、やはり多数の議員の飼い主となった。しかしこうした議員の人々は、貴族社会へと「入りたがっている」一方、逆に椋鳥の方は出たがっている。そしてパリ同様ロンドンでもほとんど顧みられることはなかった。

私の読者諸君の中でもその鳥の噂を聞いたことがあるかもしれない。そして何らかの機会でその鳥をみたことがあるとすれば、そういった方々にその鳥は私の鳥であったということをお知らせしたい。あるいはその鳥と勘違いしてしまうような何か下らぬ偽物かなんかだったのであろう。

これ以上その鳥について話すようなことはないが、ただもう一つ付け加えたいのは、その時以来今日まで、その椋鳥は私の紋章の頂の部分として採用していることである。以下の通りである。[31]

そして紋章官たちよ、この紋章について首を捻りたいというのならしてみるがいい。ただではすまぬ。

追従　ヴェルサイユ

誰かの庇護を求めようとするとき、私は当の相手に私の心の中を覗きこまれたくはない。こうしたわけだから私は自分の身は自分で何とかするという努力を怠らない。しかしこのC公爵への訪問はやむを得ないものであり、もしこれを拒否する自由があったのなら私は他の人のように拒否したことだろう。

向かう途中、私の卑しい心にいかに汚らわしい追従の計画が多数浮かんだことかその一つ一つの計画だけでもバスティーユにぶち込まれてもおかしくはなかった。

そしてヴェルサイユが見えるようになったら、もうどうにかこうにか言葉と文を繋ぎ合わせて、C公爵から好かれるような態度と口調をとるしかないと思うようになった。「これなら何とかなるだろう」と私は言った。「いやいや、それだとまるで当人の寸法を測らずに上着をその人に持っていこうとするような向こう見ずな仕立て屋じゃないか」と自分で反駁した。「馬鹿な！」と私は続けた。「まずC公爵の顔を伺おう、そしてそこから彼の性格を読み取ろう。彼が私の言葉をどんな姿勢で聞こうとするか、彼の胴体や手足の動きや仕草に気を遣おう。そして口調についてだが、それは彼が最初の言葉を唇で発音すれば把握できるだろう。これら全てを材料にして、すぐにその場で公爵の不快の念を買わないような適切な応対の仕方を把握できるだろう。彼のために調合した特製の薬なのだから、まず問題なく飲み込んでくれるだろう」

「本当にうまくいってくれるといいのだが」と私は願った。「またまた臆病になるなよ！まるで地球上において人と人はお互いに平等じゃないみたいじゃないか。外だと面と面で話せるのなら、じゃあ屋内でダメな理由があるはずがない。ヨーリック、信じてくれ、人と人が対等でないのなら、それは自分を偽っているのだ。そして自然なら一回限りなのに、自分を助けてくれるはずの人たちを何回も裏切ることになるんだぞ。まるでバスティーユの囚人さながらの様子でC公爵へと赴くのだが。それに全力を尽くせば、三十分もすればパリへと再び送還されるだろう。丁寧なエスコート付きでね」

「確かにそうだ」と私は言った。「それでは誓って、公爵の方へと赴こう。世にもなさそうな、陽気さと愛想の良さを兼ねて、ね」

「おいおい、また間違えているよ」と私は自分にやり返した。「平静な状態にある心というのは決して極端に走ったりはしないよ、ヨーリック。いつも中庸の状態にあるものだ」。「そうか、そうか。それならうまくやれる気がするよ」と御者が馬車を門に入れようとしているところで私はまた言った。そして庭に馬車を停めて、私を玄関へと案内したら、先程の自分自身の教訓で落ち着いた心の状態であった。だから階段を上った先で死刑の裁きを受ける囚人のような心持ちで歩まなかったし、かといって、エリザよ、君に飛んでいくようなスキップや大股の足取りで階段を上がることもしなかった。

広間へと入ると、給侍頭らしき人と出会ったが、しかしよく見ると家令の一人とみられ、彼がC公爵は今忙しいと述べた。「私はこういった訪問の仕方において非常に無知な者でして、それに今の情勢では悪いことに私は英国人なのです」。しかし彼は英国人であることは問題ではないと述べた。私は彼に軽くお辞儀をし、公爵にお伝えせねばならない重要な事柄があると伝えた。家令の人は階段の方を向いて、席を外して私の述べた事を誰かに伝えようとしたかのようだった。「いえ誤解をなさってほしくはないのですが」と私は言った。「私が伝えたい用件は、決してC公爵にとっては何の重要性もないことなのです。しかし私にとっては非常に重要な事柄なのです」。「そうなればまた話は違ってきますね」と彼は言った。

「はい、確かにそうです」と私は慇懃なその人に答えた。そして続けた。「しかし、見ず知らずの人をお通しできるようになるのはいつ頃でしょうか？」

「二時間以上はお待ちいただくかと思います」と時計を見ながら彼は言った。

庭に停車している馬車の数を数えればその計算は正しいと思われ、それより早く面会できる見込みはなさそうだった。そして話相手が一人もなく、広間の中を行ったり来たりしていたら、バスティーユにいるのと同じくらい心地悪い気分になり、すぐに馬車の方へと戻り、ここから一番近い宿である「コルドン・ブル」へと連れていくように命じた。

どうも何やら運命めいたものが感じられた。というのも私は出かける時、予め行き先を決めることなど滅多にないのだから。

菓子売り　ヴェルサイユ

通りを半分も行かぬうちに、私は先程立てた計画を変更した。今はせっかくヴェルサイユにいるので、街を観光しようと思った。そして紐を引き、御者に主要な通りをいくつか通るように命じた。「どうも街はあまり大きくないみたいだ」と私は言った。

「失礼ですが、ここはとても立派な街で、一流の公爵や侯爵や伯爵が邸宅をここに構えていますからね」と御者は言った。

これを聞くと、コンティ河岸で昨日の夜あれほど褒めそやしたB伯爵が直ちに私の脳裏によぎった。じゃあB伯爵の方へと赴いてもいいじゃないか。何せ彼は英国の本と英国人に関して立派な考えを持っていたのだから。そして私の立場についても聞いてくれるんじゃないか?ということで、私の計画を再度変更した。というか三度と言った方が適切だろう。というのも元々サン・ピエール通りでR夫人を訪問するはずの日で、その日に確かに夫人に会いにいくという挨拶の丁重な言葉を小間使を通して伝えておいたのだ。しかし今はそれどころではない状態だった。夫人に会いにいくのはできそうもない。そして通りの反対側に籠を持った人がまるで何かを売ろうと立っていたので、ラ・フルールを彼のところに行かせ、B伯爵の邸宅はどこにあるか聞いてこいと命じた。

ラ・フルールはやや蒼白な様子で戻ってきた。そして彼は聖ルイ騎士団の一員でパテ[32]を売っているのだ、と私に伝えた。

「そんなことがあるわけない」と私は伝えた。

しかし驚いている私同様に、ラ・フルールも詳しい事情を説明することはできなかった。しかし今伝えたことは間違いではないと言い張った。黄金製の十字架を赤い紐でボタンの穴に結んでいるのを見た、そして籠の中を覗き騎士が売っているパテを見たと述べた。だから間違っているなどありえないと伝えた。

人の人生における浮き沈みの逆転は、単なる好奇心以上のものを心に湧き起こす。貸馬車で座っている間、私は時折彼の方へと目を向けずにはいられなかった。私が彼を見れば見るほど、彼の十字架や彼の籠を見れば見るほど、それらが私の頭により強く食い込んできた。私は貸馬車を出て、彼の方へと歩いた。

その男は膝の下まで垂れた、綺麗なリンネルの前掛を身に纏い、その胸の下半分には一種の前掛けのようなものをかけていた。その前掛けの上部分、そしてその部分の縁縫いの下あたりにその十字架が吊るしてあった。小さなパテが入った籠は、白色のダマスク製のナプキンがかけてあった。同様のナプキンが籠の底にも敷いてあった。その籠は全体的に清潔で小綺麗な様子があった。その籠を見れば、単に食欲だけでなく感じの良さからそのパテを購入したかもしれなかった。

しかし彼はパテを買ってくれるのを押し付けようとはせずに、ただ邸宅の片隅に黙って立っていた。そして押し付けずとも、進んで買ってくれる人を待っているようだった。

彼は四十八ほどにみえ、物静かな顔つきで、何か深妙な事を考えている顔つきだった。それを別に不思議とは思わなかった。私は彼よりも彼の籠の方へと歩み、ナプキンを取り、パテを一つ私の手に取った。そしてあなたの様子を見て私は感動したような気持ちになったが、よろしければ貴方の今までの経緯を教えてくれないかと尋ねた。

彼はわずかな言葉でその経緯を伝えた。彼は人生の元気のいい年頃を軍隊で過ごし、わずかな遺産を使い果たした後、歩兵中隊と十字架を獲得したと言った。しかし先ごろの平和条約の締結の際、自分の軍隊も再編成されて他の隊同様自分のも何も支給されないことが明らかになったので、彼はこの広い世界で一人の友もいなく、一リーヴルも持たないことに気づいた。「そして確かに」と彼は言った。「これ以外何も私は持たない身だったのです（と自分の十字架を指した)」

この哀れな騎士は私の憐れみを催すのに十分であり、同時に私の尊敬の念をも獲得して話を締めくくった。

今の国王は特に恵み深い方ではありますが、彼の慈悲心でもなお全ての人を救い、報酬を与えることはできないのです。だから私がこうしているのも運が悪かっただけなのです。彼には愛する華奢な妻がいて、彼女がパテを作っていた。彼らのやり方であのように生計を立て、自分たち夫婦を守ることを彼は決して屈辱だと思っていなかった。神様がより良い生き方を与えてくださらなければね。

今の時点から九ヶ月後、聖ルイのこの哀れな騎士がどのような目に遭ったかということを善良な読み手に伝えないのは、不道徳と言えるだろう。

この男はあの邸宅へと導く鉄の格子の近くにいつも立っているようで、彼の持っている十字架が人目をひいた。そして多くの人が私と同様な質問をした。この騎士も私と同じ話を彼らにし、常にあれほどの謙虚さと良識を怠らず、ついにはその話が国王の耳に届いたのであった。国王はこの騎士がとても勇敢な兵士で、また連隊の兵士たちから高潔で誠実な人物として評されているので、千五百リーヴルの年金を与え、結果彼は店を畳むことになった。

読者諸君を喜ばすためにこの話をしたのだが、今度は私が自分を楽しませるために、少々場違いだが多少関連する二つの話を披露したい。そしてそれらを別々に語ることは残念なことだ。

剣　レンヌ

国家や帝国が衰退の時期にある時、国民は悲惨と困窮というものを感じるようになる。そしてブルターニュのE家を次第に衰退させていった原因を語りたいと思う。E侯爵は、己の祖先たちがいかに立派だったかを多少とも世に示し、その名を保つために、置かれている現状に対して驚くべき断固さで戦った。だが祖先の行った無分別さは彼の力ではもはやどうにもならなかった。「隠れながら」多少の困窮を満たすには十分な資産があった。しかし彼には二人の息子がいて、彼らは父をライトな人物としてみなした。彼らは父にはその資格があるものだと考えていた。彼は剣をふるうことによって現状を打破しようとしたが、装備を整えるにはとても費用がかかった。かといって安いのを整えてもどうにもならぬものだった。そのため商売の世界へと入るしかなかった。

これがブルターニュ以外のフランスの地域だったら、商売の世界に入るなんてことは、彼の誇りと愛情の念を再び花開かせる小さな樹の根を絶やすことだろう。しかしブルターニュでは、こうした場合の規定があったので彼もこれに従った。そしてレンヌで各都市の会議が開催されている時、侯爵は息子二人と一緒に出席し会議場へと入った。そして講演に関して昔から定められていた法律を持ち出し、その適用が要求されることはなかったが、かといって無効になったわけではないと彼は主張した。そして彼は懐から剣を取り出した。「これです、これをお渡しします」と彼は言った。「そして私が後ほどより良い境遇になりこの剣の返還の主張ができる状態になるまで、誠実に保護していただきたい」

議長は侯爵の剣を受け取った。彼は数分間その場に留まり、その剣が彼の公文書保管所に納められるのを見てから立ち去った。

侯爵と彼の家族全員は、マルティニーク[33]に向かい翌日乗船した。そして十九年か二十年ほどかけて事業がうまく成功した後、彼の家門から派生する遠い分家から思わぬ遺産が転がり込んで、故郷へと帰り彼の貴族の地位を回復し、それを維持するのに努めた。

この貴族の地位の厳粛な回復のまさにその時に、レンヌに私が居合わせたことは、メンタル・トラベラー以外の旅行者にはありえぬ出来事であろう。私は「厳粛な」と形容した。私にはそう思えたのだ。

侯爵は一家全員を連れて法廷へと入った。彼の夫人に手を貸し、長男は妹に手を貸し、末の息子も列のもう片方の最端で母の隣に立っていた。侯爵は二度もハンカチを顔に当てた。

死んだような沈黙が辺りに漂った。侯爵は法官席からわずか六歩ほどの距離に近づいたら、彼は侯爵の夫人を末の息子に任せ、彼の家族から三歩ほど歩いたら……彼は剣を取り戻したのであった。そしてその剣が彼の手に与えられた瞬間、彼はそれをほとんど鞘から引き抜いた。その剣の輝きはあたかももう生涯会えぬであろう友の顔を映しているようだった。彼はそれを注意深く柄の部分から凝視し、それが以前納めた時と同じものかを確認しているかようだった。刃の先に何やら小さな錆が生じているのが見えたら、目の近くに持っていき、頭をそれへと曲げた。その光景を見ていた私は、その錆の部分に涙が一雫溢れたのを見たかもしれない。そしてその次の出来事を、私は決して当時の場面のまま忘れないだろう。

彼は「この錆を拭い去るには、何か『別の方法』を私が見出すことだろう」と言ったのであった。

侯爵がこのように発言したら彼は剣を鞘に戻し、剣の監視者に対してお辞儀をした。そして妻と娘と二人の息子が後をついて、彼はそこを去った。

あのような心もちになれたのを私はなんと羨ましく思ったことか!

旅行免状（三）　ヴェルサイユ

B伯爵には特に困難もなく面会することができた。シェイクスピアの全集は机の上に置かれており、それをひっくり返していた。私は机の方に近寄り、あたかも彼にそれが何であるのかを私も知っている事を悟らせるような様子で、その全集を見た。私は彼に面会するにあたって誰かの紹介を得たわけではないが、ここで信頼できる友人と出会い、あなたに紹介してくれるだろうと思っていたと伝えた。「その友人というのは、私と同じ国民、偉大なるシェイクスピアです」と私は彼の作品群を指差し、言った。「そして我が友よ、私のために紹介してくれるようにお願いします」と彼の霊に呼びかける形で言った。

侯爵はこの奇妙な紹介の仕方に微笑み、私が少し蒼白で病んでいるのを見て、肘掛け椅子に座ってはどうかねと述べた。それを受けて私はその椅子に座った。そしてこの世の慣例に逸脱した訪問に関して彼があれこれ推測する手間を省かせるために、私は昨日本屋で行われた出来事について簡単に話し、今のフランスにおいて他の誰よりもその件によって私が困っていて、伯爵の下を訪問せざるを得ない状況にあるのを伝えた。「ではその困っていることというのは何かね。聞こうではないか」と伯爵は言った。そして事の次第を読み手に伝えたように侯爵にも伝えた。

「そして伯爵殿、私の宿の主人がこのままだと私はバスティーユへと送還されると言ったのです」という具合に話を締めくくった。「しかし心配はないです」と私は続けた。「世界で最も洗練された国民の中にいて、私自身も誠実な男なので、この国のあからさまな情勢を探っているわけでもなし、ここの民が私にどんな目に遭わせるかは考えたことがありません。病人にそんな野蛮なことをするというのは、慇懃なフランス人らしくないです、伯爵殿」

私がこう言うとB伯爵の頬が赤く染まり、「怖がる必要はないよ」と彼は言った。「はい、私も怖がってはおりません」と私は答えた。「そもそも」と少しふざけながら続けた。「私はロンドンからパリまでとても陽気な気分で来たのに、ショワズール公爵もそのような陽気さに敵対するような者とは思えず、私に苦痛な気分を与え送り還すなど考えられません」

「B伯爵殿、私があなたにお願いしたいことは（そう言いながら低いお辞儀をした）、彼が私を送り還さないようにしてくださることです」

伯爵は大変親切に私の話を聞いてくれた。そういう様子が伺えなかったら、私は実際に話した内容の半分も言えなかっただろう。そして一度か二度「なるほどね」と述べた。そこで私は訴えるのをやめ、それ以上話さないこととした。

今度は伯爵が話を続けた。私たちは今の件とは無関係のことを話した。本や政治、男について、そして女について。女についてたくさん議論した後、「彼らに祝福あれ！」と私は述べた。「私ほど、女を愛する男はいないと断言できます。彼女らの弱点を散々今まで見てきて、彼女らを風刺する言葉を色々読んできたのですが、それでも私は彼女らが好きなのです。女という性全体にある種の愛情を抱かない男は、一人の女に対してもやはり正当に愛することはできないのだと思っております」

「ええ、わかりましたよ、英国のムシュー」と伯爵は陽気に言った。「あなたはフランスのありのままの情勢をスパイしに来たわけではないでしょうし、ましてや女の『まさにそれについて』探りにきたわけではないと信じられます。しかし敢えて推測しますが、もし偶然にも彼女たちがあなたの前に転がり込んだとしても、どっちにしろそのようなスパイ行為をしようとは思わないでしょうな」

卑猥な事に関する当てこすりをわずかにも聞かされたら、私はそのショックにとても耐えられないものがある。そういったふざけた雑談においてはそれを克服しようと努力してきたし、多数の婦人たちと私が話していた時は、途方もない苦痛に耐えながらそういった話を何回もしたことがある。もし婦人が一人しかいない場合、そういった話をすることはとても出来なかっただろう、たとえそれによって天国の門をくぐることができたとしてもだ。

「恐縮ですが伯爵殿」と私は言った。「あなたの国のありのままの情勢というのは、もしそれを私がこの目で見た時は、きっと私の目に涙を浮かべることでしょう。そしてその婦人たちのありのままの姿についてですが（彼が私に吹き込んでくれた観念に赤面しながら）私はこういうことに関しては福音主義的なものでして、女性のもつ弱さに関しては同情心を持っております。ですので、そういった彼女たちの赤裸々な姿には着物をかけてやりたいと思います、もしかけられる方法を知っていたなら。多種多様な習慣や気候、宗教によって隠された彼女たちの良さを見出し、私自身の心の修練としたいと思っています。そのために私はフランスに来たのです」

「この理由から、伯爵殿」と私は続けた。「私はまだパレ＝ロワイヤルを見てないのです。同様にリュクサンブール宮殿や、ルーヴル宮殿のファサード、或いは英国にある絵画や彫刻、教会から更に知識を増やそうなどとも考えなかったのです。私は全ての美人は生きた殿堂だと思っており、ラファエロの『キリストの変容』のそれを見るよりも、この生きた殿堂でそこに掛かっている生の絵画やスケッチを見たいと思うのです」

「鑑賞家の胸に情熱を灯らせるようなあの居ても立ってもいられぬ渇望が、故郷からフランスへと私を連れていったのです。そしてフランスから今度はイタリアへと赴く予定です。それは自然やそこから湧き上がる情念を追求する静かな旅でして、今よりももっと人々が互いに愛し、そして世界を愛するようになるものなのです」

こう述べていると、伯爵は私に礼節ある言葉を多数かけた。そして私のような知り合いに接することができたことに関して、シェイクスピアに感謝せねばならないと付け加えた。「しかしついでに言うと」と彼は言った。「シェイクスピアはあまりに偉大なものに満ち溢れている存在なので、あなたの名前を教えるというような細かい点には気が回らなかったのでしょうな。そのために、どうもそれはあなた自身で行わなければなりませんね」

旅行免状（四）　ヴェルサイユ

人に自分が何者であるかを説明することほど厄介なことはない。というのも私ほど説明するのが難しい人物は滅多にいないからだ。そしてその説明を一言で済ませ、それでさっさと済ませられたらいいのに、とよく願ったものだ。そして今回が私の人生で唯一、なんとか上手く片付けられた事態だった。机の上に並んでいるシェイクスピアの全集から、自分の名前が登場するのを思い出して『ハムレット』をそこから取り出し、すぐに第五章の墓掘りの場面を開け、ヨーリックという文字に指を置き、そのまま置きっぱなしにしながら書物を伯爵の方へと押しやって、「ほら、ここに私です！」と私は言った。

さて哀れなヨーリックの頭蓋骨に関しては、私という生きたヨーリックの目の前にいることから伯爵は忘れたのか、それともいかなる魔術によってハムレット伝説が生まれてからの七百、八百年の間の期間を抹消したのかはわからないが（ともかくそういったことはここでは問題ではない）、フランス人は綜合するよりも着想する方が得意なのは確かで、私は決してこの世の出来事に驚くようなことはなく、ましてや今のことで驚くということはありえない。英国の教会で第一級の人物、その者の誠実さと父性に対して私は最高位の畏敬を抱いているのだが、ちょうど今と同じような事態で、同じような誤りを犯したのだから。その人物がその際「私はデンマークの国王に仕える道化師によって書かれた説教集なぞ読む気になれん」と言った。「仰る通りです、閣下！」と私は言った。「しかしヨーリックなる人物が二人います。閣下のお考えになるヨーリックなる者は八百年ほど前に亡くなり、埋葬されたのです。このヨーリックはホーウェンディラス王[34]の宮廷で寵児となった男であり、もう一人のヨーリック、つまり私自身ですが、どこの宮廷の寵児でもございません」。こう聞くと彼は頭を振った。「まあ、どうしてでございますか。恐らく閣下はかのアレクサンドロス大王と、銅細工師のアレクサンダーとごっちゃになっておられるのでしょう」という私の言葉に対して「どっちだって同じことだ」

と彼は答えた。

「もしマケドニアの国王アレクサンドロスがあなたの地位を変更することをすれば、あなたはそのようなことは言わないでしょう」と私は言った。

B伯爵も気の毒にこれと同じ誤りを犯したに過ぎない。

「それじゃあ貴方はヨーリックなのですか」。「はい、私がその人です」と私は言った。「貴方が？」「私が、私が貴方とお話しする栄光を持ったものです、伯爵殿」。「ああ」と彼は私を抱きながら言った。「貴方がヨーリックなんだな」

伯爵はそう言うと直ちにシェイクスピアの作品をポケットに入れて、私を部屋に一人残して去った。

旅行免状（五）　ヴェルサイユ

なぜ彼がシェイクスピアの作品をポケットに入れたかと同様、私はなぜB伯爵が突如として部屋を出て行ったかは理解できなかった。「時の流れでしか明かされない謎というものは、その秘密に関してわざわざ推測するための時間を割くだけの価値はないものだ」。シェイクスピアを読んだ方がマシというものだ。だから『空騒ぎ』を取って、私は自身を座っている椅子から、シチリア島のメッシーナへと移し、ドン・ペドロやベネディックやベアトリスといった人物と共にするのが忙しく、ヴェルサイユや伯爵、或いは旅行免状についてしばし忘れた。

なんと人の魂は影響されやすく華奢なのであろうか。一旦魂が幻影に虜になったら、苦しい期待や痛ましい思いもついつい紛れさせてしまうものだ。この魅力溢れる幻影の地に、生涯にわたってこれほど足を踏み入れることがなかったなら、私はとうの昔にこの世に生きてはいなかっただろう。私の歩む道がとても険しく、或いは坂が急で登り切るための力がなさそうだった場合、そういった道を避け、幻影が歓びに満ちた花の蕾を撒き散らした、歩きやすいふかふかした道の方を選んだ。そしてそうした道をしばしば逍遥すれば、また厳しい道を歩むための力と元気を取り戻した。災厄が私を苦しめその逃げ場がこの世界のどこにもないとき、私は別の道を歩むことにしている。そして浮世を離れ、天国よりも冥府の方がその映像がよく判然と思い描けるので、アイネイアス[35]のようにそこへと赴く。私はアイネイアスが見捨てられた悲しげなディド[36]の影と出会うのをそこで見出し、本物かどうか確かめようとする。傷つけられた魂が頭を振り、彼女の悲惨さと侮辱の原因となる張本人である彼から、彼女はただ沈黙するだけなのが見える。私はディドの気持ちを自分の気持ちのように嘆いた。というのも私の学校時代、私が彼女のことを想い嘆き悲しむことがよくあったものだからだ。「これはただ虚しき影を歩くことでは断じてない。またこれによって、人はただ虚しく心掻き乱れる訳でもなし」。人は心の動揺を単に理性でのみ鎮めようとする時、却ってその動揺が激しくなるものだ。私は自分自身に関しては安心して言うことができるが、もし心に何か不快な気持ちが一つ萌し始めたなら、できる限り速く優しく穏やかな気持ちを抱くことによって、その根本をやっつけることほど確実な方法はないのだ。

『空騒ぎ』の第三幕の終わり辺りまで読んだら、B伯爵が私のための旅行免状を手に持って部屋に入ってきた。

「C公爵殿は確かな政治家だが、同様に確かな預言者でもあると言えるな。公爵は『よく笑う男は決して危険な人物ではあるまい』と言っていた。もしこれが王様の道化師でなかったなら、（と伯爵は続けた）この旅行免状を二時間で調達することなぞ出来なかっただろうね」。「お言葉でございますが、伯爵殿、私は王様の道化師ではありませんよ」。「でも君はヨーリックなのだよね？」「はい」。「それで貴方はおかしな冗談を言われるのですか？」その答えとして私は「確かに冗談を言った事はございます。でも給料を頂いた事はございません、自腹による冗談ですので」と言った。

「伯爵殿、英国の宮廷では道化師なぞ見当たりません。最後に居たのは放蕩なチャールズ二世が治めていた時でございます。その時以来、我が国の風習は次第に洗練されていき、現在の宮廷には愛国心一杯のものだけが居る状態でして、彼らは自国の栄光と発展以外何も望んでいないのです。我が国の夫人もとても貞淑で、一点の汚れもなく、とても善良で、敬虔なのです。道化師が道化の冗談として取り上げる事柄など、我が国においては見られません」

「これまた結構な皮肉だ！」と伯爵は叫んだ。

旅行免状（六）　ヴェルサイユ

この旅券は各街の全ての副市長、市長、総督、軍司令官、司法官、あらゆる保安官に宛てられたもので、王様の道化師ヨーリックと彼の手荷物を差し支えなく通過させるようにと書かれていたから、旅券を見事獲得することが出来たとはいえ、そこに書かれた道化師という単語が少なからず私を落胆させるものがあった。しかしこの世界において純粋無垢なるものなど一つとしてない。そして重々しい考えをする聖職者が、歓びそのものにもなんらかの嘆きのため息が混じるものであり、そして最大級の歓びを享受する時も、結局心の痙攣をもたらして潰えるというのが大抵の場合だ、という主張をすることがあるほどだ。

あの深刻そうで博識あるベーフェルウェイク[37]をここで私に思い出させる。彼はアダムから血が継がれた人類の系図についての注釈の中で、その注釈の半ば辺りで、自分の家の窓の外縁に止まっている雀を取り上げて世間に説明を述べ始めた。しかしその雀についての文章を書くにあたって大いに頭を悩まし、ついには本来の趣旨である系図学から完全に脱線してしまったのだ。

「何と奇妙な」とベーフェルウェイクは書いた。「だが事実なのは間違いないことだ。好奇心に駆られてその各々をペンで書き留めておいたのだからね。だがこの注釈の残り半分を書き上げられるはずだった僅かな時間にあの雄の雀が二十三回と半の愛撫を繰り返して、私の邪魔をしたのだ」

「神はなんと自身のお創りになられた生き物に対して恵み深いことか！」と彼はさらに付け加えた。

哀れな運命が待ち受けるヨーリック！最も甚だしいしかめ面をしている君の同業者ですら、世間に書いて伝える事でさえも、書斎で書き写している際も君は顔を赤らめるのだ。

しかし以上のことは私の旅行には関係のないことだ。そこでそのようなことを記述したのを繰り返し、繰り返しお許し願いたい。

国民性　ヴェルサイユ

「ところでフランス人というのを見て君はどう思うかね？」と私に旅券を渡してからB伯爵は言った。

おそらく読者はこれだけ親切さを示されては、私が愛想の良い返答をすることに躊躇しないことは、十分に想像できることだろう。

「まあ、それはそれとして、ともかく率直な意見を申し上げていただきたいね」と彼は言った。

「世界でほめそやされているあの優雅さを実際にフランスの国民において見出せたかね？」「ええ、そういったものを十分に見させていただきました」と私は言った。「本当に」と伯爵は言った。「フランス人は洗練されているのだ」。「ええ、甚だしく、ですね」と私は答えた。「甚だしく」という言葉に伯爵は気を向けた。伯爵はその言葉には元来の意味以上のものが含まれているとしたが、それに私はそんなことはないと極力弁明した。彼は私に、何かさらに言いたいことがあるのだろう、そのことを素直に述べてほしいと言った。

私は言った。「伯爵殿、人は楽器と同様に各々の音域を持っているのだと私は思っております。社交やその他の要請において、その音を奏でさせる機会があるのです。そのため、もしあまりにも高い音やあまりにも低い音で始めたのなら、高音部また低音部において和声を生じさせるための音が必要となってくるのです」。B伯爵は音楽に疎かったので、どうか別の事を例えにして説明してほしいと述べた。親愛なる伯爵殿。洗練された国家というのは、その優雅さを国民全員も負っているものです。優雅さそのものだけでなく、美しい女性のように、様々な魅力を有しているのです。そしてそれには何か弊害があると申し上げると気分が害されます。しかしそれでもなお、何やら完全性に達するための限界らしき線引きがあるようでして、もしその限界を超えるとその完全性に達するというより性質そのものが変わってしまうような気がするのです。こういった事実がフランス人に対してどれほどの影響を与えているかは、申し述べるつもりはありませんが、しかしこれがイギリス人だとして、彼らが次第に洗練さを身につけていって、ついにはフランス人の著しい優雅さと並ぶようなこととなったとしましょう。その場合、慇懃さよりも人間らしい振る舞いへと向かわせる心の優雅さを喪失はしなかったとしても、少なくともイギリス人同士だけでなく、世界の他の国民よりも際立ったあの多様性や独創性というものは失われることでしょう」

私はまるでガラスのようなウィリアム国王時代の何シリングかをポケットに持っていた。そしてそれが私の仮説の正しさを裏付けるだろうということを見越して、ここまで説明を進めていったらそれを手に握った。

「ご覧ください伯爵殿」と私は立ち上がり、それらの銀貨を彼の前の机に並べて言った。「誰かのポケットの中でこれらの銀貨を一緒に七十年間入れて、ジャラジャラと鳴らして擦り合わせたら、それらの銀貨はどれもこれも似たり寄ったりなものとなり、お互いを見分けることなどほとんどできないでしょう」

「イギリス人は、古代のメダルのように別々に分かれて僅かな人のみの手に渡ることによって、自然の精巧さが与えた第一級の鋭敏さが保たれるのです。彼の手触りはよろしくないでしょう。しかしその代わり、刻まれている銘はとてもくっきりとしていて、一瞥しただけで誰の姿、或いはどんな言葉が刻まれているのかすぐわかるものなのです。しかしフランス人というのは、伯爵殿。幾多もの秀でた点を持っておりまして、むしろそのような性質はない方がいいのかもしれません（と私は先ほど述べた事を和らげるように付け加えた）。フランス人は他のどの国民よりも、忠誠で、慇懃で、寛大で、創意工夫に富んだ良き気性の持ち主たちであります。もし彼らに欠点があるとするならば、彼はあまりに深妙だということになります」

「そうかね！」と座っていた椅子から飛び出して、叫んだ。

「しかし君は冗談を言っているのだろう！」と彼は自分の叫んだことを撤回するかのように言った。私は片手を胸に当てて、これは私の中で確信した意見なのだということを、熱心さの籠った真剣な態度で示した。

彼はこの後C公爵と食事をする約束があったので、私の理論を最後まで伺う事が出来ないのは遺憾だということを述べた。

「もしヴェルサイユまで赴いて一緒に軽い食事をするのを煩わしいと思わないのなら、フランスを去るまでにぜひ来てほしい。そして君が今しがたの意見を撤回するか、或いはどのような根拠づけをその意見にしているかを伺うことができるからね。しかしその意見を撤回せず主張を続けるのならばね、イギリスからのお客様、君は全身全霊をかけてその正当性を述べねばならない、というのも世界中を敵に回すことになるわけだからね」

私は伯爵にイタリアへと赴くまでには、確かに一緒に食事をし、その正当性を示しましょうと約束しそこを去った。

誘惑　パリ

宿に着いて馬車から降りると、門番が小物入れの箱を手に持った若い女性が私を尋ねていたと教えてきた。もう行ってしまったのかどうか、それはわからないと門番は言った。私は彼から私の部屋用の鍵を受け取って、階段を上がった。そして部屋の扉のある階に着く十段ほど前あたりで、その女性が軽やかに降りてくるのと出会った。

彼女は一緒にコンティ河岸を沿って歩いた、あの美しい小間使の女だった。R夫人がこの宿のすぐ近くにある装飾具店へと彼女をいくつかの用件でよこしたのだった。そして私がR夫人に会いに伺わなかったので、もう私がパリを出発したのかどうか、そしてもしそうなら夫人に宛てた手紙を残していったかどうか、それを彼女に尋ねて欲しかったのだった。

美しい小間使の女は私の部屋の扉のすぐ近くにいたのだがすぐ引き返していたのだった。そして私が手紙を書いている間、彼女はほんの少しの間、私と一緒に部屋に入ったのだった。

五月の末の、雲のない静かな宵の時間だった。窓に掛かった深紅のカーテン（それは寝台の帳と同じ色をしていた）はほとんど閉まっていた。太陽は沈まんとしていて、窓を通してカーテンの隙間から差し込んだ太陽の光が、美しい小間使の女の顔を赤色に染めていた。それを見て取ると私もつい赤面してしまった。私たちは二人だけであった。そしてそういった恥じらいが消えぬうちに、二度目の赤面が私たちの顔に浮かんだ。

当人よりもその人の血によって引き起こされた、どこか心地よくて半ば罪悪めいた赤面というのがある。それは心臓から激しい勢いで送られるのであり、その後を道徳心がついていくのだ。それはこうした赤面の作用を和らげるためというよりもむしろ、むしろそれを神経にとって甘美なものにするために、後をついていくのである。

しかし詳しくこれについて述べることはやめよう。昨日の夜、この小間使に教えた道徳なるものについて、厳密にピタリと調和するようなものではないとまずは思ったのだからだ。私は五分間ほど手紙用の紙を探した。だが、私がそれを持っていないことはよくわかっていた。私はペンを取り上げたが、間もなく元の場所に戻した。私の手は震えた。どうも私は悪魔に魅入られているようだった。

その悪魔というのは敵であり、もし抵抗すればスタコラと逃げていくものだということは皆と同様、私も知っている。しかし私は悪魔に対して抵抗の姿勢を見せることは滅多にない。それは恐怖心からであり、確かにその恐怖心を克服し抵抗することはできようが、それでも私は悪魔との戦闘で傷つくおそれがあったのだ。だから、勝利よりも安全を優先させたというわけだ。その悪魔を追い払う代わりに、私自身が逃げ去るのだ。

美しい小間使の女は、私が書箋《しょせん》を探している机の方へ近づいた。私が置いたペンを取り、インキ瓶をお持ちしましょうと述べた。そしてその持ち方はとても優しげで、ついそれに応じようとした。しかしそんなことはできなかった。「お嬢さん、私には何も書くことがないのですよ、何も、ね」。「お書きになればいいじゃないですか。何についてでも、ね」と彼女は手短に言った。

「では美しいお嬢さん、あなたの唇に書きましょう」と思わず言いたくなった。

「もしそんなことをしたら、私は破滅だ」と思い、彼女の手を取り部屋の扉へと連れて行った。そして私が昨日教えた道徳の教訓について決して忘れないでくれ、とお願いした。「勿論、忘れませんとも」と彼女は言った。そしてその言葉を幾分情熱を込めて発し、振り向いて両手を差し出して、私の両の手を握りしめた。出来るなら彼女の手を離したかったが、彼女のその行為を拒絶することなどこの状況では不可能だった。そして彼女の手を握っている間、これはいけないことではないかと自問自答していた。そしてその間でも私は彼女の手を握り続けた。二分ほど経ったら、また私はこの自問自答を繰り返さなければならなかった。そしてそう思うと私の手足全ての震えが止まらなかった。

寝台の脚は私たちの立っている地点から一メートルと少ししかなかったが、まだ私たちは手を握ったままであった。なぜこんなことになったのかは説明がつかないが、私は彼女にそうしてくれるようにお願いしたわけではなく、彼女を私の方へ引き寄せたのでもなく、寝台のことを考えた訳でもなかった。しかし起きたことは起きたので、私たちは二人とも寝台の上に腰をかけた。

「あなたから頂いたクラウン銀貨を入れるための小さな財布を今日ずっと編んでいたのです。お見せしましょう」と美しい小間使の女は言った。そして彼女は腕を右側のポケットに入れ(それは私のすぐ近くにあった)、しばらくそれを探っていた。やがて左の方のポケットに手を入れた。「どうも彼女は失くしたんだ」。これほど私はじっと何かを期待して待ったことはなかった。ついに彼女は右側のポケットから探していたものを見つけ、取り出した。それは緑の琥珀織で出来ていて、白い合わせ縫いをした繻子の小布で縁取られており、クラウン銀貨を仕舞うにはちょうどいい大きさであった。彼女はそれを私の掌に乗せた。可愛い出来栄えだった。そして私は手の甲を彼女の膝下に置いたまま、それを十分ほど持っていた。時には財布を眺めたり、時にはその片側を眺めたりしながら。

私の襟飾の襞には少しの綻びがあった。美しい小間使の女は何も言わずに小さな針箱を取り出すと、小さな針に糸を通して、綻びを縫い始めた。どうもこのままだとこの一日の栄光を汚すことになりはしないかと危惧した。そして彼女が綻びを縫いながら、沈黙したまま巧みに自分の手を私の首にぐるりと寄せていった時、私の頭上にあったと思っていた月桂樹が揺れて落ちてしまいそうな気がした。

彼女が歩く時、靴の革紐が緩み、留め具がちょうど外れていたので、「ほら」と小間使の女は片方の脚を上げながらそれを見せた。そうされると、私としてはその留め具を締め、革紐を締めるしかなかったのだった。そしてそれが終わるともう片方の脚をあげて、両方の脚が上手い具合になっているかを確認した。それはあまりに突然の動作だったので、彼女は体の姿勢を保つことができなかった。そして……。

克服

そうだ、そして、自分の情熱を冷たくこねられた頭で誤魔化したり、ぬるい心しかないので上手くその感情を隠せる者たちよ、聞きたいのだが人が情熱を持つことには一体いかなる罪があるというのか。我らの創造主の指示によらない情熱的な行動についてはどのように弁明できるのか。是非その答えを教えていただきたい。

もし自然が優しさという織物を織り、そこに恋や情欲を織り交ぜたとするのならば、逆にそれらを取り除いてしまいたいなら織物全体をズタズタに引き裂かねばならないというのか？自然の偉大なる主よ、そういった無情な者どもを鞭打ってくれたまえ。こういったことを自分自身に述べた。

万物の摂理である貴方が、道徳心の試練として私をどこに置こうとも、そしてそこにある危険がなんであれ、それがいかなる事態であれ、そこから湧き上がる心情を、人間として当然に持っているべき心情を私に感じさせてくれ給え。そしてそれを善きものとして制御できるのなら、その結果についての裁きは貴方にお任せいたします。なぜならば貴方様が我々を創ったのであり、我々が貴方様を創った訳ではないのですから。

こうした呼びかけを終えると、私は美しい小間使の女の手を握りながら立ち上がらせ、部屋の外へと連れていった。私が扉に鍵をかけ、鍵をポケットにしまうまで彼女は私の側に立っていた。「そして」、勝利はもはや確定的なものとなったので、私はついに私の唇を彼女の頬につけ、再び彼女の手を握り、宿の入り口まで連れていった。

謎　パリ

もし人に心というものがあれば、その人はすぐに自分の部屋へと戻ることを十分に承知しているだろう。音楽を聴いてうっとりしている中、曲の締めくくりとして短三度の冷たい音を鳴らすようなものだった。そういうわけで小間使の手を離したら、しばらくの間宿の入り口に留まり、宿の前を通過する人々に目をやり、彼らの身の上について思い巡らした。そのうちに、どのような身の上か全く推測することができない一人の人間に目がいって、目を逸らすことができなかった。

彼は背が高く、哲学的な気質からくるような重々しさを有していて、ゆっくりとした足取りで宿の門の前の通りを行ったり来たりしていた。宿の門の両側に六十歩ばかり行くと引き返して、別側へと歩いた。男は五十二歳くらいに思え、腕の下に小さい杖を抱えていた。上衣とチョッキとズボンは濃褐色なものを身につけていて、数年間着込んだものに見えた。しかしそれらはまだ綺麗で、彼全体には素朴的な清潔感が僅かに漂っていた。彼が帽子を脱いだり、通りかかる人に挨拶するその様子を見て、彼は物乞いをしているのだなと見てとった。それ故彼が私の方へと歩き始めるのを見ると、一か二スーをポケットの中から取り出し、彼に手渡せるように準備した。だが彼は私に何も要求してこなかった。だが私から五歩と進まぬうちに、小柄な婦人に対して物乞いをした。私とその小柄な女ならば、私の方が遥かに物乞いに応じると思われそうなのだが。その婦人に対しての物乞いが終わらぬうちに、彼の方向へと歩んできた婦人に向かって彼は帽子を脱いだ。歳とった紳士がゆっくりとした足取りでやってきて、その後は若いオシャレな青年が続いた。彼らにはなんら物乞いをせず、そのまま彼の側を通過させた。私はこの物乞いを三十分ほど立って観察して、その間、彼は何回も前へ進んだり戻ったりした。観察した結果、どうも彼は自分が決めた方針に従って歩き、物乞いをしているようだった。

これに関しては特異な点が二つあり、それらが私の脳に特に目的もなく考察を巡らせた。まず、第一の点は、なぜ女「だけ」に身の上話をし、物乞いをしているのかということ。そして第二の点としては、女の心を和らげさせ、一方男にはなんら効力を持たないというのは、いかなる身の上話をいかなる雄弁さで語っているのかということだ。

更に二つのことが絡みこの事態の謎をより一層強めている。一つは、彼が全ての女性に話すとき耳に囁くように話すのだが、それは何かを頼むというより何かの秘密を漏らしているかのようだった。そしてもう一つは、それが常にうまく行っていたということだ。彼が婦人に足を止めさせるとき、婦人たちは必ず財布を取り出し、すぐに彼に何かを手渡したということだ。

この現象を説明するための理論体系を形作ることはとても適わなかった。

残りの一日、私はこの謎について考察しつつ過ごせるものと思い、階段を上り部屋へと入った。

良心の問題　パリ

私の後をすぐに宿の主人がついて階段を上がってきた。そして私の部屋にも入り、どこか別の宿で宿泊しなければならぬことを伝えてきた。「一体なんでなのでしょうか」と私は言った。彼が言うには、私が若い女と寝室で二人きりで閉じこもっていて、それはこの宿の規定に反するものであるとのことだった。「そうですか、それでは仲良くお別れといきましょう」と私は言った。「あの女性が何か悪いというのでもなく、私も悪くない。そして貴方も最初出会ったころと同じ関係のままです」。「いいえ、それだけでもこの宿の信用性をなくすには十分なのですよ」と彼は言った。「ご覧なさい、旦那さん」と彼は私たちが座っていた寝台の脚を指さして言った。なるほどそこには証拠らしきものが見受けられることは認めねばならない。しかし私のプライドがその事態の詳しい内容に踏み込むのは許さなかったので、私は今夜何もせずにゆっくりと眠りにつき、朝食で支払うべきものは支払うから、どうか君もゆっくりと精神を休ませ給えと勧告した。

「たとえムシュー、貴方が二十人の女と関係があったところで別に気にかけはしませんよ」とは彼は言った。「それまた想像していた私が付き合うべき女の人数よりも、随分と多い数だ」と私は彼を遮った。「ただその関係を持つのが朝のうちだったならば、ね」と彼は言った。「ということはパリだと事の時間帯によっては、そこから生じる罪の性質は異なるとでも言うのですかい？」「まあ、世間の噂とかいう点ではかなり異なってきますよ」と彼は言った。私は物事を厳格に区別することを心で好むが、宿の主人の言い分に完全に腹を立てたとは言えなかった。宿の主人が続けるには「なるほどパリで外国の方が贈り物として、レースや絹のストッキングや鬘飾り、その他諸々を購入する機会が必要だということはわかりますよ。ですから、女が帽子箱を持って一緒に宿に来られたからといって、それは問題ないです」。「確かに私が連れてきた女性は帽子箱を持っていましたよ。中を覗きませんでしたけどね」と私は言った。「ならばムシュー、何も購入しなかったのですね」と彼は言った。「何一つ買いませんでしたね」と私は返答した。「というのも」と彼は言った。「正直に貴方に宿を提供できる人間を一人紹介できるのですよ」。「しかし私は彼女に今夜会いに行かなければならないのです」と私は言った。主人は低いお辞儀をし、去っていった。

「さあ、これで宿の主人に勝つことができるぞ」と私は叫んだ。「でもその後どうする？ そうなればあの男に対してお前は汚らわしい男だというのを知っていることを、思い知らせることができる。それでどうなる？ どうなるというのだ？」。それが他の人のためになると言うには、あまりにも利己的な状態にあった。そういったわけで適切な答えを見出すことができなかった。私の計画にはなんらかの原理に基づいてではなく、恨みによるものであり、それを実行に移す前からうんざりしていた。

数分したら、女性労働者がレースの箱を持って入ってきた。「しかし何も買わないぞ」と心に決めていた。

その女性は私になんでも見せた。しかし購入する素振りを私は見せなかった。だが彼女はそんな私の様子に気付こうとはしなかった。彼女はそのささやかな店を広げて、次々とレースを私の前で披露していった。忍耐強さの伴った極度の丁寧さでそれらを閉じたり開いたりした。私は買うか、買わないか。彼女は私に好きな値段で買っても構わないと述べた。この哀れな者は、どうしても一ペニーでもいいから欲しがっていた。そして私にその気にさせるよう努めるのだが、その仕草はわざとらしさというのはなく、素直で人を愛撫させるような印象を与えた。

もし人間に騙されやすいという点がなければ、むしろそれは良くないことだ。私の心は和らぎ、最初の決意と同様に静かに第二の決意も諦めた。なぜに主人に罪があるからといって、この女まで懲らしめなければならないのか？ あの暴君の主人にお前が仕えているというのなら、それだけお前は生きていくのが苦しいことだろう。そう私は彼女の顔を見上げ、思ったのだった。

今の場合、財布に四ルイ・ドール程度の持ち合わせしかなかったにせよ、一組の襞飾りに三ルイ・ドール彼女に支払うまで、立って扉へと追い返すことなどあり得なかっただろう。

宿の主人は彼女が今しがた得た利益を分け合うだろう。構いやしない。彼らがとても払わなかった、或いはそうしようと考えもしなかったことを、多数の貧しい人たちが実際に払ったのと同様、私もやってのけただけの話だ。

謎々　パリ

ラ・フルールが夕食の給仕をしに私にやってきたら、宿の主人が私に宿を変えろと言ったことに対して、とても気の毒だということを伝えた。

夜ぐっすり寝たいと思っている者は、できることなら心の中に敵意を持ったままベッドに就いたりはしない。私はラ・フルールに、宿の主人に対して私がしたことに関して申し訳ないと思っていることを伝えてくれと言った。更にもし可能ならラ・フルール、あの若い女性が訪ねてきても彼女に会ったりはしないと言ってくれ、と私は付け加えた。

これは主人ではなく私にとって都合の悪いことになるのだ。というのもこのような決心をしたのは、紙一重で危機から脱したのでパリから去るにあたって、できることなら危険を犯さず、パリに来た時と同じ道徳心を持って去りたいからなのだ。

「ご主人様、そのようなことをするのは貴方の身分を貶めます」とラ・フルールはそう言いながら床に触れんばかりに深々と頭を下げた。「更にご主人様、彼の感情も変わるかもしれません」と彼は言った。「そしてもしたまたま、ご主人様がお楽しみになれば」。「いや、私は楽しみなどしないよ」と私は彼を遮った。

「おやおや！」とラ・フルールは言って、引き下がった。

一時間ほどしてから、彼は私の寝支度をしに手伝いに来たが、いつも以上にその手伝いが献身的だった。唇を見るに、彼は何か言いたげ、あるいは聞きたげだったが、それを発することはできなかった。私は彼が何を言いたいのか予想できなかった。そしてそれを探り当てるための労力をほとんど払おうとも思わなかった。というのも、これよりももっと面白そうな謎解きを頭に抱えていて、それは先ほど宿の前で物乞いをしていた男のことだった。その謎を解き明かすためなら何だってしてもよかった。そしてこれは何も好奇心に駆られたからではない（好奇心とは探究においては概して低級に位置づけされるもので、そんなものを満足させるためにニスーも払いたくはない）。しかし出会ったばかりの女性全員の心をすぐに、そして確実にほろりとさせるような謎に関しては、少なくともそれは賢者の石の謎と匹敵するものだ、と思わざるを得なかった。

ほとんど一晩中、私はこの謎に関して頭を巡らせたが、次の朝目が覚めると、バビロンの王がその夢に悩まされたのと同様に、私も自分が見た夢に心悩まされていた。そしてそれを説明するためには、昔のカルデア人と同じく、パリのいかなる賢者でも悩ませただろうということに、私は少しの躊躇もなく断言できる。

日曜日　パリ

本日は日曜日であり、朝ラ・フルールが私の部屋にコーヒーとパンとバターを持って入ってきたら、気取ったような身なりをしていて、私はほとんど別の人物かと勘違いしてしまうほどだった。

モントルイユで、銀色のボタンと環つきの新品の帽子と、化粧料として四ルイ・ドールをパリについたら与えるという契約を彼と結んだ。そして彼の行為を正当化するならば、この哀れなやつはその金で奇跡を行ったわけだ。

彼は明るく、綺麗で、良さげな緋色の上着とこれと対になるズボンを購入した。これらは中古品だが、相応の出来だとのことだ。そんなことなぞわざわざ私に言う必要はないのだがな。その服は本当に新品に見えたので、今更不可能だとしても、こいつのこの身なりは古着売り場から購入したのではなく、新品のものを私が買ってやったのだと無理にでも思いたかった。

だがこういった古着で身を飾るというのは、パリでは決して心を悩ますようなものでもない。彼は更に中々格好いい青い繻子から実に見事に刺繍されたチョッキも買った。これは中古品ではあるが、綺麗に洗濯はされていた。金糸の刺繍は繕ってあって、全体的にはどちらかといえば派手な代物だった。そして青色というのは別段けばけばしいわけでもなかったので、上着とズボンとうまく調和していた。更に彼は新しい鞄と一つはめの宝石を買うために、金をかなり消費した。それからまた、古着屋とかなり強引な価格交渉をし、ズボンの膝にはめる黄金色の金具のついた靴下留を購入した。彼は上等に刺繍されたムスリンの襞飾りも自腹で四リーヴル払った。更に五リーヴル奮発して、白絹の靴下も買った。そして最後に何より、自然が彼に対して、一スーの代価もなしに美しい姿を授けたことである。

彼はこのように飾り立てて部屋に入ってきた。髪型をとびきり上等に仕立てあげ、胸には美しい花束を抱えていた。簡潔に言えば、彼は体全身でお祭りムード的なものを放っていた。そして私は、今日は日曜日なのだったということを思わず思い出した。こういったことを考え合わせて、彼はパリの人々と同様に日曜日を過ごしたいのだと、実は昨夜願いごととして言いたかったのだとすぐに気づいた。私がこういったことを思うや否や、ラ・フルールが極端なまでに遜《へりくだ》りつつも、まるで私に拒絶することは許さないとばかりに信用の念を私に示して、恋人の目前で男らしく振る舞うための、一日の休暇を申し出た。

私はまさにそれを今日R夫人と差し向かいで行う予定であったのであり、そのために貸馬車を留めておいたのだ。そしてラ・フルールのような立派な身なりをした従僕が馬車の後ろに乗るというのも、私にとって満更悪くはないと思った。だから今日こそは彼を手放したくはなかったのだ。

しかしこういった厄介ごとにおいては、理論ではなく感情的な側面で対処せねばならない。奉公人というのもなるほど自由というものは手放しているかもしれないが、自然の性分まで手放す契約を結んでいるわけではない。彼らにも肉と血があるのであり、奉公先の家庭に束縛されるとはいえ、それでもなおささやかながら見栄や願いを持っているのだ。無論、彼らも自我を服従させることによって給料を得ている。そしてそれにも拘らず彼らの注文はとても理に適ったものではなく、彼らの注文は大抵却下するのだが、あまりにこちらの勝手にできるが故に、意外と躊躇してしまうのだ。

ご覧くださいませ！私は貴方様の召使いなのです！この言葉により、主人としての力を思うように振る舞えないのだ。

「ならばラ・フルール、行くがよい」と私は言った。

「ところでラ・フルール、お前はまだパリに少ししかいないのに一体どんな恋人を見つけたというのだ」と私は言った。ラ・フルールは手を自分の胸に当て、B伯爵の屋敷に仕える若い娘だと述べた。ラ・フルールは社交で相手に好かれるような心の性分を持っていた。そして彼について正直に言えば、私同様に彼も機会を滅多に逃しはしなかった。だが私が旅券の件に取り込んでいた間、一体どうやって階段の踊り場でその若い娘と知り合い縁を結んだのか、私には全然わからなかった。私が伯爵の歓心を買うまでに十分な時間はあったので、ラ・フルールもなんとか娘とお近づきになるだけの時間はあったのだろう。伯爵の一家はその日、パリに赴くようであり、大通りで彼女や伯爵の召使い二、三人を引き連れて何かの催しをするみたいだった。

だがなんと幸福な国民なのだろう！少なくとも一週間に一度は心配事や悩み事、全部忘れてリフレッシュできるなんて。歌って踊って、他の国民なら地に打ちひしがれる悲しみの重荷を笑って追い払うことができるのだから。

断片（一）　パリ

ラ・フルールは私が予期していた以上に、というより私も彼自身もとても思い及ばなかった具合に、その日一日私の興味をそそるものを残してくれた。

彼はスグリの葉に乗せたバターの小さな塊を朝食として持ってきた。その日の朝は暖かくて、朝食を持ってくるのに結構な距離があるので、彼の手に不用な紙を敷いて、その上でスグリの葉を乗せて持っていきたいと私にお願いした。それだけでも朝食の皿としては事足りるので、そのまま机の上に置いてくれと伝えた。そして私は今日一日中宿にいると決めていたので、彼に仕出し屋のところに行って予め夕食の用意をしておくようにし、朝食は私一人で食べるので、一緒にいる必要はないと伝えた。

　バターを食べ終わると、スグリの葉を窓から捨て、手に敷いた不用な紙も投げ捨てようと思った。だが少し思いとどまり、紙に書かれている文章の最初の一行を読んでみた。そして興味を持って、二行目、三行目と読み進めていった。そしてこの紙には価値があると思った。それで窓を閉じて、椅子を窓側へと引いて、そこに座り本格的に読み始めた。

　それはラブレー時代の古いフランス語で書かれており、もしかするとラブレー自身が書いたかもしれなかった。その上それはゴシック書体で書かれていて、文字のあちこちが時の経過で薄れたり消えたりしていたので、単語一個一個を理解していくのにとてつもない労力を要した。そしてその紙を投げ置いて、ユージニアスに手紙を書き始めた。そうしたら、またその紙を取り上げて新たな忍耐をもってまた面倒なことに取り組んだ。そして疲れたら気分転換に今度はエリザへと手紙を書いた。その紙の文章が頭から離れず、文章を理解することの難しさが、なんとしてでも読み通してやろうという欲望を増大させるだけであった。

　私は夕食を食べた。そしてブルゴーニュの葡萄酒で頭の疲れを軽やかにしたら、その紙の文章にまた取り組んだ。それに二、三時間ほどグルーテル[38]やジャコブ・スポン[39]が訳もわからぬ銘刻に注いだのとほぼ同じだけの労力を注いで、ようやくなんとなくわかってきた気がした。しかしその意味を確定的にするにあたっての最善の方法は、それらを英語へと書き換えて、その場合はどのような意味合いが取れるのかを試すことだと私は考えた。それで時間をかけて暇人のように作業を進めていき、たまに文章を書いたり、室内をぶらぶらしたり、窓をから世界の様子を見たりした。そして全体の作業が終わる頃にはすでに二十一時を過ぎていた。そして次のように読み始めた。

断片（二）　パリ

公証人の妻が公証人と非常な熱を込めてその点に関して議論したので、「ならば、ここに今一人の公証人を居合わせて、この有様を記録して証明してくれたらと思うよ」と公証人は羊皮を投げ置いて述べた。

「ならお前さんは一体どうするんだい」と妻の方は急いで立ち上がって言った。公証人の妻はさながら怒りの小柄な塊といった女なので、公証人の方は穏やかにそれに答えて、台風を巻き起こすのは避けるべきだと考えた。「もう寝るよ」と彼は言った。「悪魔のところにでも行ったらどうなの」と妻の方は言った。

だが家にはベッドが一台しかなく、他の部屋二つには家具が何も設えられていなかった（それがパリでの習慣だった）。そして公証人の方は今しがた自分に悪魔のところに行けとかめちゃくちゃな事を言った女と一緒にベッドを共にしようとは思わなかったので、とても強い風が吹いていた夜に、帽子と杖と短い外套を手にして、落ちつかない状態でポン・ヌフの方へと歩いた。

今まで建築された橋の内、このポン・ヌフこそは地球の表層において陸と陸をつなぐ橋では最も高貴で、最も美しく、最も偉大で、最も煌びやかで、最も長くて、最も幅が広いことは渡った人は必ず認めることだろう。

（このことから、どうもこの断片の文の作者はフランス人ではなかったと思われる）

さて僧侶やソルボンヌの博士たちがこの橋に対して論《あげつら》える最大の欠点は何かというと、パリの中あるいは周りに軽い風が吹けば、パリの他のどんな小さな場所よりもこの橋の方から「畜生！」という冒涜的な言葉が聞こえてくるということである。いえ、確かに善良で論の的確な先生方が仰るのはごもっとも。というのも「水に御用心」という言葉を発する間もなく風が吹き、そしてその思いがけないそよぎが、たまたま帽子を被ってこの橋を渡る者にとっては、たっぷりその帽子代の二リーヴルと半を損せずにはいられず、そういった災難を逃れる者は五十人に一人もいまい。

憐れむべき公証人は、ちょうど番小屋を通りかかり、小屋の側面をつい思わず持っていた杖で叩いてしまった。しかしその杖を振り上げる際に、杖の先が番兵の帽子の環に引っかかり、その帽子がそのまま欄干を飛び越えてセーヌ河の方へと投げ出された。

「本当に忌々しい風だ。誰にも迷惑ばかりかけやがる」と帽子を受け止めた船頭は言った。

番兵はたまたまガスコーニュ生まれの男だったので、自分の頬髭をねじ上げると、火縄銃を構えた。

当時、火縄銃はマッチで点火することにより弾を発射していた。ところが一人の老婆が、持っていた紙提灯が橋の麓で吹き消されたので、それを再度灯すために番兵のマッチを借りたのだった。故にマッチを手元に持っていなかったガスコーニュ男は、滾った血を鎮めるだけの時間の猶予が生まれ、この不都合を自分の有利になるように事態を運んでいった。「本当に忌々しい風だ」と彼はいい、公証人の海狸《うみたぬき》製の帽子をひったくり先程の船頭の呟きを真似しながら、自分のひったくりを正当化した。

哀れな公証人は橋を渡り、ドーフィーヌ通りを通ってサン・ジェルマン地区へと入ったが、以下のように嘆きながら歩みを進めていった。

「こうやって毎日毎日、台風に弄ばれるなんてなんと私は不幸な男なんだ（と公証人は言った）。私や私の職業に嵐のような罵倒が投げかけるように生まれついているなんて。教会に脅されて、嵐のような気性の女と無理やり結婚させられるなんて。自宅に吹き荒れる風から家を追い出され、橋上の風で海狸の帽子が奪われるなんて。そして今この風が強い夜に、頭には何も被らずに様々な災難にされるがままなんて。俺は一体どこで頭を休めればいいんだ？ ああ、哀れな男よ！羅針盤は三十二の方位を示すが、世間の奴らから同様にいったいどの方角からの風が俺に幸運を授けてくれるのか！

公証人がこんな風に愚痴りながら暗い路上を歩いていったら、誰かが娘に声をかけ最寄りの公証人に駆けつけろと命令するのが聞こえた。そして最寄りの公証人とはこの人なので、その立場を利用して通路の入り口まで行った。そこから通路を通って古風の広間につき、さらにそこから歩いて大きな部屋に案内された。しかしその部屋は、壁の四箇所に等間隔で戦い用の長い槍と、胸当てと錆びた古い剣と、弾薬帯が掛けられていること以外は何もなかった。

かつて相応の身分の者で、たとえ不運に見舞われたとしても決してその高貴な性分までは腐らないとすれば、その老いた立派であろう人物は手を頭の下に置き寝台に横たわっていた。小さな机があり、その側で小蝋燭が燃えていて、椅子も置いてあった。公証人はその椅子に座った。そしてポケットの中にあった角製のインキ壺と紙を一枚か二枚取り出して、それらを老人の前に置いた。そしてペンをインキ壺に滴らせて、胸を机の方にかがめ、老人の遺言を書き記すための用意を万全に整えた。

「ああ！公証人殿」とこの老紳士は言って少し身を起こした。「わしには相続のための手数料を払うだけの遺産なぞ持ち合わせておりませぬ、私自身の生涯の身の上話以外はね。それを世に伝えねば、心安らかに死ぬことなどできませぬ。わしの生涯の話から引き出される利益は、この話を聞いてくださる労力と引き換えにそなたに授けよう。その話はとても世人にはあり得ぬもので、全人類が知っておかなければならぬ話じゃ。そなたの家庭にひと財産もたらすことじゃろう」。公証人はここでペンをインキ壺に浸した。「わしの生涯の全ての出来事を司った全能なる神よ！」老人は上を熱心に見上げ、天に腕を差し出した。「迷宮さながらの不慣れな道を通って、この荒びた場面へその御手でお導きくださった主よ！どうかもはや記憶もなくしつつある、老いた手足もままならぬ、失意の男を助け給え！主の永劫の真理が宿る精神を以って、この縁なき者が聖書に記された記録以外のことを何も書き取らせぬように私の舌をうまく誘導させ給え、私が地獄へと落ちるかそれとも赦されるか定められるその本だけを！」彼は両手を握りしめて言った。公証人はペンの先を小蝋燭に近づけ、それらをその目で見つめた。

「この身の上話は公証人殿」とこの紳士は言った。「これは人の心にあらゆる愛情を沸き起こすものですぞ。思いやりのある心が聞くと死ぬほどの苦しみを味わい、残虐な心の持ち主ですらも、憐憫の情で心動かされましょう」

公証人はその話を聞きたくてたまらず、三度インキ壺にペンを入れた。そして老紳士がもう少し公証人に身を向けたら、以下の言葉で身の上話を始めた……。

「さっきの紙の残りはいったいどこにあるんだい、ラ・フルール？」と私は今しがた部屋に入ってきたラ・フルールに言った。

断片と花束　パリ

ラ・フルールが机の近くにやってきて、何を私が欲しがっているのかを理解すると、先程の不用の紙は他に二枚だけあったが、花束がバラバラにならぬようにその茎をその紙で包み、大通りで娘にその紙ごと花束をプレゼントとしてあげたと彼は述べた。「ならばラ・フルール、頼むから」と私は言った。「B伯爵のその娘のいる宿のところに引き返して、それが見つかるか見てきてくれないか」。「そりゃあもう間違いありません」とラ・フルールは答えて飛ぶように去っていった。

少ししたら哀れなそいつは息を相当切らしながら戻ってきて、先程の断片の続きが手に入らない以上の失望の表情を顔に浮かばせていた。「いや、なんということだ！」かわいそうにこの男がその娘と優しく別れて二分としないうちに、そのつれない恋人は彼の愛の手形を伯爵の従僕の一人に与えたのであった。その従僕は若い女裁縫師に、女裁縫師はそれをバイオリン弾きに断片の続きが載っていた花束ごと与えたのであった。私たち二人は一つの不幸を共有していた。私はため息をついた。そしてラ・フルールはそれを谺《こだま》するように私の耳にため息をした。「なんて、不誠実なんだ」とラ・フルールは叫んだ。「なんて、不幸なんだ」と私は言った。「もし彼女が花束を失くしただけだったらこんな苦しい気持ちにはなりませんよ、ご主人様」とラ・フルールは言った。「いや、あれが見つかったのなら私もそうなんだがね」と私は言った。

それで断片の続きは見つかったかどうか、それは以降の章で読者はわかるだろう。

慈善行為　パリ

暗い入り口を通ろうとするのを軽蔑するか怖がる人間は優秀で立派な人物かもしれず、多数の物事に向いているかもしれない。しかしそういう人はセンチメンタル・トラベラーに適さないものだ。白昼において広く開放された路上において行われる様々な出来事に出くわしても、私はそれに対して興味を惹かない。自然というのはシャイな存在であり、見物人の前で行動するのを避けたがる。しかし誰も目をやらない片隅とかでは、多数のフランス劇の趣向が混合されたような短い幕が繰り広げられることがある。そしてその短い幕が実に見事なものだ。これは劇の主人公だけではなく説教家とかにも相応しいので、何か非日常的な見応えのある出来事に出くわしたのなら、私の話す説教もここを素材にしている。そして新訳聖書使徒言行録の「カッパドキア、ポントスとアジア、フリギア、パンフィリア」は聖書の他の部分と同様に優れた箇所だと思っている。[40]

オペラ＝コミック座から狭い街路へと至る、長くて暗い通路が伸びている。この通路は歌劇が終わって慎ましく馬車を待つ者や、馬車から降りて歩いて帰りたい者等、僅かな人間しか足を踏み入れないものだ。劇場側の通路の端には、小さい街灯によって仄かに照らされており、その光は出口の扉の付近を除き、そこから通路を半分ほど進めばもう届かなかった。それは実用的なものというより装飾的な意味合いの方が大きかった。それは最小の大きさの恒星であり、光を照らしはするが我々のこの世界にはほとんど影響を与えない。

この通路を戻っている最中、出口の扉から五、六歩ばかりのところに二人の婦人が腕を組んで壁を後ろに立っているのが見えた。おそらく彼女らは馬車を待っているのだろう。彼女らが扉の隣にいたので、優先権は彼女らにあると思い、彼女たちから一メートル弱ほどの距離まで近づくと、そこでこっそりと自分の位置を占めた。私は黒い衣装に包んでいたので、人目にはつかなかった。

私の隣の立っていた女性は背が高くすらりとしていて、年齢は三十六くらいだった。もう片方の女性も同じような体つきで、年齢は四十ほどに見えた。彼女たちには結婚していたり、未亡人だったりすることを伺わせるものはどこにもなく、正直な処女的な二人の姉妹のように思え、男の愛撫に誘惑されたり、優しい声かけに身を任せて害されたような気配はなかった。この二人を幸福にしてやりたいとすら私は思った。ところが彼女らは今晩、思わぬ事態から幸福になるという定めであったのだ。

なかなか上手な言い回しを駆使した低い声で言葉の終わりを甘美な風に締めるのが端から聞こえてきて、十二スーをお恵みください、どうかこの通りでございます、とその声主は言っていた。これは奇妙だなと思った。というのも物乞いをする側から恵んでくれる金額を決めているのだから。そしてその金額も本来この暗さで行うのなら、その十二分の一が妥当なはずだったのだ。彼女らは私同様に、驚いた様子を見せた。「十二スーですって！」と片方が言った。「十二スー銀貨ですって！」ともう片方が言った。そして返事はそれ以上なかった。

貧しい男は、「あなたがたのような身分のご婦人に、これより少なくお願いすることなどどうしてできましょうか」と頭を地面につくほどに下げた。

「まあ」と彼女らは言った。「でも私たちにお金はありませんの」

物乞いは少し沈黙したが、再び物乞いを新たに始めた。

「美しく若い婦人方、どうかそのよき耳を私から塞がないでください」

「いえ、正直な方！」と若い方の婦人が言った。「本当にお金を持っていませんの」

「なら、本来私にあげる金銭を他の人に代価なく恵むことによってその者たちの幸福が更に増すのをお祈りいたします」と貧しい男は言った。

私は姉の方の婦人がポケットに手を入れるのを見受けた。「一スーがあるかどうか、確かめてみますわ」と彼女は言った。

「一スーですって！どうか十二スーをお恵みください」と物乞いは言った。「自然はあなたに多大な恩恵を授けました。ですからあなたも貧しい男に恩恵を授けてください」

「もし今あるのなら、心から喜んで友人のあなたに授けましょう」と若い方が言った。

「美しく情け深い方！」と彼は姉の方に呼びかけた。「この暗い道ですら朝さえも凌駕する輝きを放つその甘美な瞳は、貴方の優しい思いやりの心から来るものでなくて何でしょうか。そしてサンテール侯爵様とその兄弟がちょうど今しがた通りすがって貴方お二人をあれほど賛美したのは一体なぜでしょうか」

この言葉に二人の婦人はとても心動かされた様子だった。そしてほとんど衝動的に彼女らはポケットの中に手を入れて、二人とも十二スーを取り出した。

二人の女と貧しい物乞いの談論はこうして終わった。談論は今や彼女たち二人の間のものに移り、議論を終わらせるために彼女たちは二人とも十二スーを差し出し、その物乞いは去っていった。

解かれた謎　パリ

私は急いで男の後を追った。彼は宿の前で女性に物乞いをして、それを見た私がその謎を解き明かそうとしていた正にその男だった。そして立ち所にその謎、或いは少なくともその土台的な部分を見出した。つまりは追従だったのだ。

なんと甘美なエッセンスなのだ！追従とはなんと人の心に甘く響くものか！人の心の強きも弱きもお前の味方になるではないか！どれほど血液と快く調合され、心臓へと繋ぐ最も難しく厄介な通路を流れるのに、どれほどの支えとなることか！

貧しい男は、今回は時間がたっぷりとあったので、たっぷりと薬の調合に時間をかけたわけだ。確かに彼は路上で突発的に行う場合はかなり急いで薬を調合しただろうが、しかし彼がどのように追従を修正し、より甘美にし、凝縮させ、品質を高めたことか、そのことの考察に頭を悩ますつもりはなかった。物乞いが十二スー銀貨を二枚獲得しただけで十分であった。そして残りのことについては、その追従でより多くの収穫を得たものが、それを知っているだろう。

パリ

我々は人に世話をするよりも、世話をされてこの世界へと出るのだ。枯れかけた芽を地面へと差す、そしてそれに水をやる。というのも植えたからなのだ。

B伯爵は旅券に関して私に世話を一つしてくれただけで、パリに滞在中に高い身分の人を何人か紹介してくれて、よりたくさんの世話を私にしてくれた。そしてその高い身分の人たちが、他の人々を紹介してくれた。そんな感じで私は多くの人と知り合った。

ところで追従という秘訣を我が物としていたので、こういった知遇をうまく利用することができた。もしそうでなかったのなら、よくあるようにこうした方々と一回や二回ほど食事をするが、その際フランス人的な顔付きや態度を平均的なイギリス人っぽさに翻訳して、もっと興味深い客に食器一式を共にする権利を奪われていたことだろう。そうやって私は得た数々の知遇を次から次へと、単に交際を続けるには恐縮だという理由で辞退したであろう。しかし、実際の事態はそんな悪い方向へとは向かわなかった。

私は老B侯爵に紹介される栄光を得た。彼はもっと若い頃、愛の競技場でいくつかの功績を挙げ、その名を世間に知らしめた人物であった。そしてそれ以来、彼は競技と勝利を目指することを意識した服装をするようになった。B侯爵はその色恋沙汰が単に彼の頭の中の空想で終わったものではない、ということを周りにアピールしていたのである。「ぜひ一度英国へも赴きたいと考えていますよ」と言って、英国の貴婦人たちについても色々と尋ねた。「侯爵殿、ぜひ貴方には今の国に止まって欲しいものです」と私は言った。「今でさえ英国の男性たちは、本来婦人たちから受けるべき恋の視線を、侯爵殿がいらっしゃったら彼らはそれを堪能することができなくなるではありませんか」

侯爵は私を晩餐に招待してくれた。

租税取立請負人であるP氏は、B侯爵が英国の婦人について熱心なように、彼も英国の租税について詳しく尋ねたがっていた。彼は英国では中々に税額が大きいものだと聞いていた。「いえ、貴方のようにもっと上手な取り立て方を知っていればいいのですが」と私は言って、低いお辞儀をした。

こうした賛辞を呈さなかったら、私はP氏の催す演奏会に招待なぞされなかっただろう。

私はQ夫人に誤って才知に富んだ人物だと紹介された。実はQ夫人自身がそうだったのだ。彼女は是が非でも私に会って、私が話すのを聞きたかったらしい。しかしながらいざ彼女と会うと、席を取る前から彼女は私に才知があるかどうかなどこれっぽちも気にかけてないことがすぐにわかった。私を招いたのは彼女自身が才知ある人物だと納得させるためだった。だから天よ、とくとご覧あれ、私は彼女との会話で一度たりとも唇を開かなかった。

Ｑ夫人は会う人全てに次のように言った。「今まで貴方ほどの男性の方と、これほど有意義な会話をしたことはありませんわ」

フランス婦人という王国は三つの時代に分けられる。最初は色気たっぷりに媚びるコケティッシュな時期、次は理屈っぽく神を信じるが既存の宗教には不信の念を示す理神論[41]者となり、最後はどこまでも従順な敬虔な女性となる。この三つの時代では、その王国は揺るぎない確固たるものである。ただ臣民が変化するだけである。三十五年かそれ以上その女が生きると、彼女の土地での愛の奴隷となっていったものの数は減っていき、すると今度は不信心の奴隷を代わりに輸入してくることになる。そして最後は教会の奴隷が入ってくる。

Ｖ夫人は最初の二つの時代で揺れ動いていたという状態であった。彼女を包む薔薇の色は次第に色褪せていった。私が彼女を訪問する五年前から、彼女は理神論者になっているべきだった。

彼女は座っているソファーに私を同席させ、宗教問題において私ともっと詳しく話し合おうとした。簡単に言えば、Ｖ夫人は私に彼女は何も信じていないと述べた。

私はＶ夫人に「なるほど、確かに貴方の主義としてはそうかもしれません。しかし私は貴方の外塁まで取っ払うべきではないと思います。というのも、それだと貴方という城塞をどうやってお守りになるというのですか。というのも美人が理神論者になることほど、この世で危険なことはないからです。これは私の信条としてどうしても心の中で包み隠すことはできないことですが、私は貴方の側でソファーに座ってまだ五分と経っていないのに、私は何やら怪しからぬことを考え始めたのです。しかしこの怪しからぬ考えが湧くのを抑えるのは他ならぬ信仰心であり、貴方の胸にも存在していたそれらの信条でなくてなんでしょうか」

「我々はダイヤのように強固な生き物ではありません」と私は彼女の手を握って言った。「そのためにあえて自ら制約を課さなければなりません、知らず知らずのうちに歳をとりそれが制約となるまではね。しかしですね、奥様（私は彼女の手に接吻した）、あまりに、あまりに早すぎます……」

私はパリ全土でV夫人を改心させたという評判を得たことは断言できる。彼女はたった半時間の間で、私が全ての百科全書に述べられたものよりも更に啓示宗教について深い反論をしたと、D氏やM神父に伝えたのだ。私はすぐにV夫人のお仲間へと招かれた。そして彼女が不信な理神論者になるのを二年先に遅らせた。

今思い出すが、このお仲間で第一原因というのは私が必ずあることを主張していたことがあった。その議論の最中に若いナマケモノ伯爵が私の手を取り、部屋の最奥の片隅へと連れて行き、私の襟止ピンが首にあまりに窮屈に締められすぎていると述べた。「それはもう少し颯爽と見せるべきですよ」と伯爵は言い、自分の襟止ピンを見下ろした。

「でもヨーリックさん、賢者にはただ一言で」。「賢者の口だというのならね、伯爵殿、それだけで事足りるものですよ」と私は頭を下げて言った。

ナマケモノ伯爵は私に、これまで一度も受けたことのないような抱擁を行った。

合計三週間、出会った人々は皆私に好意を示した。

「おや！ヨーリック殿は我々に負けない才智を持っておられる」とある人は言い、「中々にうまく議論するね」ともう一人が言った。「とても気さくな人だ」と三人目が言った。こうしたことにより、パリにいる間中ずっと、食べて飲んで楽しい気持ちでいられたのだ。しかしこういったのは不実な社交取引であった。私はやがて恥を知るようになり、あたかも奴隷の商売だった。私のありとあらゆる誇りがこういった取引に反感を示した。そして交際相手の身分が高ければ高いほど、私は物乞い方式を取らなければならなかった。お仲間の身分が高いほど、どうにもわざとらしさも増えていき、かなりうんざりしてきた。そしてある夜、五、六人にこの上ない卑劣な媚びへつらいをして私は完全に嫌になった。そしてベッドに入り、ラ・フルールにイタリアへと明日の朝出発できるように馬を用意しろと命じた。

マリア（一）　ムーラン

私は今まで、豊かさが惨めさを呼び寄せるのを、どんな形にせよそれを感じたことはなかった。フランスの最も美しい地方であるブルボネー地方[42]を旅し、そこのブドウの収穫も酣《たけなわ》であり、自然が皆の膝下にその豊穣さを注いでいた。そして皆、花咲いている自然に目を見上げていた。旅を一歩進めるたびに聞こえてくるのは労働に拍子を重ねて奏でられる音楽、そして労働の子供たちは皆葡萄の房を摘んで運ぶ喜びに満ちている。心を弾ませ、目前にいる労働者の群れを見ては歓びを感じながら、私はそこを通り過ぎていく。そして彼らは皆、恋の冒険をしたくて仕方がない様子だ。

いや全くだ！これを語るだけで二十巻も要するだろう。だが、ああ！このことを描写するのに、もはや数ページ程度しか残されていない。しかもそのうちの半分のページは、我が友シャンディ氏がムーラン付近で出会った哀れなマリアについて割かなければならないのだ。

彼が小説で語ったあの狂った娘については、読んでいる最中は少しも心に残らなかった。しかし彼女が住んでいる場所の付近に来ると、その部分が強烈に脳裏によぎり、彼女の両親が住んでいる村へと尋ね、二・五キロほど旅の道から離れたいという気持ちはどうしても抑えきれなかった。

これは実に、サンチョ・パンサがドン・キホーテを「憂い顔の騎士」と名付けて悲しげな冒険に赴くのと同じだ。しかしなぜそうなるのかはわからないが、私がそういったことに関わることになる時ほど、自分の中の魂がはっきりと意識できる時はない。

扉を鳴らすと老母がやってきて、彼女のその様子を見れば話を聞かずとも、大体の事情は飲み込めた。彼女は自分の夫を亡くしたのであった。「彼は娘が発狂したのを嘆いて亡くなってしまったの」と彼女は言った。更に、父が亡くなることにより、この哀れな娘に残っていた僅かな理性も奪い取ってしまうのではないかと最初は恐れたが、実際はそれとは逆にそれにより娘は多少正気に戻ったということを述べた。もっとも、彼女はゆっくりと落ち着くことはできず、道路をあちこち歩いているのだということを老母は泣きながら語った。

なぜこのことを書いていると、私の脈拍までもが活力を失ってしまうのだろうか?そして先天的に喜びの感情しか抱かなそうなラ・フルールですらも、老母が目前で身の上話をした際に手の甲で二度も目を拭ったのもなぜだろうか。私は御者に再び出発することを合図した。

ムーランから二・五キロほどの場所に来たら、鬱蒼とした藪の中へと入る小道が見えた。そしてそこであの哀れなマリアがポプラの木陰にいるのが見えた。彼女は肘を膝について、頭を片方の手に寄せていた。小川が木の根っこの部分に流れていた。

私は御者に馬車をそのままムーランへと運ぶように命じ、ラ・フルールには私の夕食を準備しておくように伝えた。そして後からついていくと言った。

彼女は白色の服で身を包んでいて、大体は私の友シャンディ氏が描写したのと同じだったが、彼女の髪は、以前は絹の網で巻いていたのが、今はそれがほつれていた。彼女はそのジャケットの上に肩から腰へかけてうす緑のリボンを垂らしていたが、そのリボンの端には笛が一本吊るされていた。彼女の山羊は彼女の恋人同様不実な存在であったので、代わりに子犬を連れていて、その犬の帯を娘は紐で繋いでいた。「お前は私の側から離れないでおくれ、シルヴィオ」と彼女は言った。私はマリアの目を見て、彼女は恋人や山羊よりも自分の父のことを考えているのが見てとれた。というのも今の言葉を発した時、彼女の頬に涙が流れ落ちたのだから。

私は彼女の側に座った。そして私が彼女の涙を私のハンカチで拭いても、彼女は為すがままに任せた。そしてそのハンカチを私の涙で、次は彼女の涙で濡らした。再び私の、そして彼女のハンカチで濡らした。そしてハンカチで涙を拭いたら、私の中に言葉にはできない感情が湧き上がった。それは物質や運動がいかに結合しようとも、それを基に解説することができないことであった。

私は自分が魂を有していると確信している。そして唯物論者たちが世を毒したあらゆる本を持ち出しても、この確信をぐらつかせることはできない。

マリア（二）

マリアの状態がだいぶ落ち着いた時、二年前に彼女と彼女の山羊の間に座った、青白い顔をした細い男を覚えているかと尋ねた。それに対して自分は当時かなり錯乱状態にあったが、次の二つの理由から覚えていると述べた。当時彼女は病んでいたが、その人が私のことを同情してくれたし、また、山羊がその男のハンカチを盗ったので、その窃盗行為に山羊を報いとしてやっつけたことがある、そのハンカチは小川で洗い流し、もしその男と再会することがあればそのハンカチを返すためにそれ以来ポケットの中に入れておいた。もっともその男はハンカチを取り返すという約束を心半分にしか受け止めてなかったみたいだが。彼女がこのような説明を私にすると、ハンカチをポケットの中から取り出し私に見せた。そのハンカチは二枚の葡萄の葉で綺麗に包んであって、葡萄の蔓で結んであった。それを開いたら、ハンカチの片隅の一つにSの印があるのが見えた。

彼女が言うには、それ以来彼女はローマあたりまで彷徨い歩き、サン・ピエトロ大聖堂を一回りし、それから帰ってきたというのだ。ただ一人でアペニン山脈を越え、ロンバルディア平原を一銭も持たずに歩き渡った。火打ち石だらけのサヴォィアの国の道路も靴なしで通ったと言うのだ。どうやってそんな事を耐えられたのか、どのように人から助けてもらったのか、というのは自分でもよくわからないらしい。「でもフランスでも『毛が刈られた羊には神様は冷たい風も耐え易くしてくださる』と言いますの」と彼女は言った。

「確かに刈られている、しかもあまりにも深く」と私は言った。「もし君が私の国にいたのなら、私の小さな家に君を連れて、そこで保護してあげるのだが。君に私のパンを恵み、私のコップで飲み物も提供できる。君のシルヴィオにも優しくしてあげよう。たとえどれほど君が弱り心の空ろなまま彷徨い歩こうとも、私が君を探し出しこの家に連れ戻してあげよう。陽が沈めば、私は祈祷の文句を口にし、そしてそれが終われば君の笛で夕べの調べを奏でるがいい。私の祈りの香煙が悲しみに沈んだ心と共に天へと届こうとも、神様は決してそれを悪く受け止めくださることはないだろう」

こういったことを語っていると、私の心が暖かくなっていくのが感じられた。そして私がハンカチを取り出すと、マリアはそのハンカチが既にあまりにも濡れていて使い物にならないことに気づき、小川で洗ってくる必要があることに気づいた。「それでどこでハンカチを乾かすんだい、マリア？」と私は言った。「私の胸で乾かします」と彼女は言った。「それで私の心も落ち着きますから」

「ならマリア、君の心にはまだ温もりがあるのかい？」と私は言った。

この言葉が、彼女の悲しみが込められた心の琴線に触れたみたいだ。彼女は憂い取り乱した様子で、私の顔をしばらく見つめた。そして何も言わずに笛を取り出して、聖母マリアへの祈りの調べを奏で始めたのだ。私が今しがた触れた彼女の心の琴線は、すでに振動が止んでいたみたいだ。ややしばらくしてマリアは我に返り、笛を手から落とし、そして立ち上がった。

「それで、マリア、君はこれからどこに行くんだい？」と私は言った。「ムーランへ」と彼女は言った。「じゃあ一緒に行こう」

マリアは腕を私と組み、犬もついてこられるように紐を緩め、そうしてムーランへと帰った。

マリア（三）ムーラン

広場で挨拶したりするのは元々嫌いな性分だったが、我々が広場の真ん中に来た時、マリアを最後にもう一回見つめ、別れを告げた。マリアは背こそ高くないにせよ、決して他の美人の女にもその美しさは劣らなかった。その苦悩は、この世ならぬ様相を彼女に浮かばせていた。それでもそれには女性らしさは残っていた。女性に対して心で願ったり、探し求めたりするのが彼女の中にも十分にあったので、彼女の過去から今までの記憶がなくなり、また私からエリザの記憶もなくなったら、彼女は私のパンや私のコップで飲むだけでなく、マリアが私の胸に横たわり、自分の娘のようにもしてやれたのだが。

さらば、幸薄き乙女よ！旅の通りがかりの余所者が、君の心の傷に油と葡萄酒として与えた憐憫を飲みほしてくれ給え、君の心を二度打擲した者のみが、君のその傷を永久に癒せるのだ。

ブルボネー地方

フランスのこの地方を葡萄の取り入れたこの時期に旅することほど、心が喜びで大騒ぎするのを期待したことはなかった。しかしマリアと出会って嘆きの門をくぐってきた今、ここを通るのは完全に場違いな気がした。あらゆる祝いの催しには、その背後にマリアがポプラの木陰に物思いに座っている姿が見出せた。そして彼女の姿を私の頭からかき消せたのは、ほとんどリヨンに到着してからであった。

ああ、感じやすい優しい心よ！我らの喜びに宿る全て貴重なもの、或いは我らの悲しみに宿る全て高価なものの源泉よ！汝は汝の殉教者を麦わらの床に縛り付けながら、その人を天へと、我らの感情の永遠の噴水である天へと昇らせる！その天でこそ汝を見出す！そして汝が生じるのはその天からではないか。悲しんだり心が病んだりしている時に「我が魂は恐怖により萎み、破壊に驚愕する」などと言うのは、単なる言葉の脅しに過ぎぬのだ！だが私は自分を超越した、温かい喜びや温かい心遣いを感じる。それらは正に偉大な、実に偉大な感性を授けた主から由来するのだ！汝が創りし大地で最も辺鄙な所にある砂漠で、我々の頭から髪の毛一本が地面に落ちれば、授けられたその感性はたちまち震駭《しんがい》するのだ。汝が私を触り疲れ果てた時は、ユージニアスがカーテンを閉めるだろう。そして彼は私の心の症状について聞いてくれ、神経が乱れているのは天気が悪いからだよと言う。汝はこの上なく荒涼な山々を横切るとても粗野な農民に、その一握りの感性を時折与える。農民は誰かが飼っている疲労困憊した羊を見つける。その時彼は、杖に頭をもたせかけてどこか憐れみを示す表情で、その羊を見下ろしている。ああ！もっと早くここに来たのなら！こんなに血を流せば死んでしまう、彼の優しい心もそれと同じく血を流すのだ。

優しい田舎男よ、汝に平和があらんことを！私は汝が苦悩とともに歩き始めるのを見る。しかし同じ感性が抱かせる喜びで、なんとか均衡を保てることだろう。幸福こそが汝の家なのだから。そしてそれに住む者もまた。そして汝の周りで戯れる羊もまた幸福なのだ。

夕食

トリラ山を登りかけた時、馬の前足の蹄鉄が緩んだので、御者が馬から降りてそれをねじ取りポケットへと仕舞い込んだ。何しろこの山は十四キロほどかけて登らなければならず、この馬はそのための頼みの綱なので、できる限りそれをもう一回前脚に嵌め込んでみようと思った。しかし御者はすでに締めるためのねじを投げ捨て、御者箱にある金槌もそれがなければなんの役にも立たなかった。それ故そのまま道を進めるしかなかった。

まだ一キロとちょっとしか進まないうちに、石がたくさんある道であの哀れな馬が二つ目の蹄鉄をもう片方の前脚から失くした。それですぐに馬車から降りて、左側に四百メートルほど先に家が見えたので、かなりの一大事であるので御者にその家へ行くのを説き伏せた。近づくにつれ、家の外観やそれに付随したこと全てが私の気に入ったもので、今ある災難な状態にほっと安堵することができた。その家は二十エーカーほどの葡萄畑と一・五エーカーの家庭菜園に囲まれた小さな農家であり、フランスの農民の家としては揃うべきものは全部揃っている感じだった。また道のもう片側には、農家に必要な素材を全て提供する小さな森があった。その家に着いた時は夜の八時だった。そういったわけで御者には果たすべき仕事を果たすようにさせて、私に関してはその家へとそのまま歩いて行った。

家は灰色の髪をした老人とその妻がまずいて、それに五、六人の息子たちや婿、彼らの各々の妻たちがいた。更に彼らから生まれた何人かの元気な子供たちによって一家は構成されていた。

一家は皆座って、レンズ豆のスープを食していた。大きな小麦パンが食卓の真ん中に置いてあって、食卓の両端にある大きな葡萄酒瓶が、その食事の時間がとても楽しいものであることを示した。それは愛の宴とも言えた。

老人は私と話すために立ち上がり、とても愛想のいい態度で私を食卓に座るよう薦めた。この部屋に入った瞬間から、私の心はすでに一家全員と食事を共にしているような気分でいた。それでこの一家の息子の一人であるかのように食卓についた。そしてできる限り早く息子であるかのように振る舞うため、すぐに老人からナイフを借りて、真ん中にあったパンの塊から大きな一切れを切り取った。そうしていると一家のみんなから誠実な歓迎だけでなく、決して疑いようのない感謝を込めた目線が注がれるのを見た。

この夕食の一口がこれほどの美味なのは、正にこの目線なのでしょうか、それとも他の何かでしょうか、「自然」よ、どうかお教え願いたい。また大きな葡萄酒瓶から頂いた一口がとてもパンにあってこれまた美味だったので、今でもなおその風味が口の中に残っているのはいかなる魔法によるものでしょうか？

もしこの夕食が私の好みにかなうというものなら、それに続いた感謝の祈りはもっと私の好みだったと言えよう。

食後の祈り

夕食が終わったら、老人がナイフの柄で食卓を叩いて、踊りの準備をするように言いつけた。その言いつけがされるや否や、女たちは大人も子供も皆家の奥へと走って、整髪した。若い男たちは顔を洗って木靴を履き替えるために戸口の方へと向かった。そして三分もすれば、全員が家の前の遊歩道で踊る支度が完了していた。老人と妻が最後に出てきて、私はその間に立つようにした上で彼らは玄関の扉の側の芝生をソファーにする形で座った。

老人は、五十年程前は手回し式リュートを演奏する者としては中々の名手だった。そして今は年老いた身とはいえ、目的に適うには十分な演奏であった。彼の奥さんはそれに合わせて時折ちょっとした歌を歌った。そして一旦やめたかと思えば息子や娘や孫が彼らの前で踊ったら再び歌い始めた。

踊っている最中にたまに止まり空を見上げるのに私が気付いたのは、二回目の踊りの中盤あたりだった。それは単なる喜びからくる浮かれ気分ではなくもっと別の何かだった。それには何か宗教が踊りに添えられているのではないかと見てとった。しかし宗教がこのような踊りで関わってくるのは今まで見たこともないので、もし老人の言葉がなかったら、私の空想が常に私を誤って解釈させるように、幻か何かだと思い違いをし続けただろう。しかし老人が踊り終わるや否や「これがいつものやり方です。私は今までの人生ずっと夕食が終わった後、一家皆と外に行き踊り楽しむと定めております」と述べた。愉快な満足した心を持つことが、無学な農民が天へと感謝を示す最良の方法だと考えていますと彼は述べた。

いいえ、学を積んだ偉い僧侶もまた同様ですよと私は言った。

微妙な問題

トリラ山の頂上へと一旦登ると、そのままリヨンへとそのまま降る。そうなると一気に馬車をかっ飛ばすようなこともしなくてもいい、というわけだ。降る場合は、慎重に馬車を進めなければならない。それにあまり急いで馬車を走らせない方が、感傷に浸ることができるというものだ。そこで私は御者に二頭の驢馬でゆるゆると馬車を進め、サヴォイアを通ってトリノへと安全に運んでくれるように伝えた。

貧しく、忍耐強く、静かで誠実なサヴォイアの人々よ！何も恐れる必要はない。君たちの貧しさという素朴な美徳は、世界の人々から羨望されることはなく、またお前たちの住んでいる谷が侵略を受けることもないだろう。「自然」よ！汝はその混乱の真っ只中でも、汝の産み出した貧困に対してもまだ友好的なのだ。汝は常に偉大な仕事に取り組んでいるが故に、農夫の大鎌や小鎌に与えられるのは少ししかない。しかしその少しだけでも安全や無事を汝は提供するのだ。そして守られた住処というのは心地のよいものだ。

旅に疲れた旅行者たちよ。急な曲がり道や危険性、岩や断崖、登りの苦しさや下りの恐怖、とても越えられそうにない山々や、頂上から大きな石を転がり落とし進む道を塞ぐ滝について愚痴りたければするがいい。百姓たちは聖ミカエルやマダーヌの間でこうした障害を取り除くために一日中働いていたのだ。そして御者がそこまで馬車を進めてきたら工事中で、工事が終わりさらに道を進むには二時間待たなければならなかった。ただ我慢してその間待つしかなかった。雨が降り、風も強い夜だった。そして遅れた上に足止めまでくらった訳だから、御者は馬車駅まで八キロという地点で、道路側にあるそこそこの質の宿に泊まることになった。

私は直ちに寝室に入り、火を起こし、夕食を注文した。そしてこれ以上悪い災難に出くわさなかったことに感謝した。その時、一台の馬車が一人の婦人と女中を乗せて到着した。

宿には他に寝室がなかったので、宿の女将は遠慮することなしに、彼女らを私の部屋に連れて、この部屋にはイギリス人が一人いるだけですと伝えて、部屋の中へと案内した。「部屋には立派な寝台が二台ありまして、さらにその奥の小部屋にはさらにもう一台あります」と女将は言った。三台目について言及した彼女の口調から判断するに、その寝台はあまりいい物とは言えなさそうだった。しかし彼女は「部屋には三名いらっしゃって、寝台が三台あります。そしてこの男性の方がなんとか事態を凌いでくれるでしょう」。それに関しては婦人が疑いをわずかにも抱かないように私は取り計らった。そして、私にできることならなんでも致しましょうと約束した。

しかしこう言ったからといって別に私の寝室を完全に明け渡す訳ではなかった。まだ私が寝室の主であるような気がして、主らしく振る舞える権利があるものと思った。私は婦人に着席願い、最も暖かい席へと座らせた。暖炉用の木材をさらに持ってくるように要求し、女将に夕食の規模を増やすようにし、宿にある中で最高級の葡萄酒を持ってくるように言った。

婦人が暖炉で体を暖めてから五分としない内に、顔を振り向いて寝台の方へと目をやった。そして寝台に目をやればやるほど、彼女たちは当惑した様子を見せた。私にはその気持ちがわかった。そして自分自身に対しても同情するのだった。というのも彼女の表情や、今の事態そのものから、彼女自身が感じているのと同じだけの困惑を私も感じていたのだから。

私たちが横たわる寝台が同じ一つの部屋にあるというだけで、こういった感情を喚起するだけで十分であった。しかし二つの寝台の配置が、互いにとても近接して並べられていて、間には柳の枝で編まれた椅子がなんとか置ける程度だった。それによって事の事態をさらに我々の心を圧迫させた。さらにこの二つの寝台が暖炉の近くに据え付けられてあって、一方には煙突が突き出ていて、一方には部屋を横切る大きな梁があるために寝台が実際よりも部屋のもっと奥にあるような気がして、それが更に繊細な心持ちである私たちにとって好ましいとは言えなかった。この他にもなお都合の悪いことをあえて加えるのなら、寝台は二台ともとても小さく、婦人と女中が一緒に横たわることなどとても出来そうにないということだった。どちらか一方の寝台でそれができるのなら、私が彼女たちの横で寝ることもできた。それは確かに望ましいこととは言えなかったが、しかし苦々しい空想が頭によぎるようなことはその場合何もなかった。

では奥の小部屋にある寝台についてはどうかといえば、ほとんど何の慰めにもならなかった。湿っぽく寒い小部屋で、外れかかった窓があって、その窓は夜の嵐を防ぐためのガラスや油紙がはめられてなかったのだ。婦人がその小部屋を覗いた時、私は込み上げてくる咳を抑えようともしなかったくらいだ。そのためにこの事態にあたるには以下の選択肢があるだけであった。婦人が健康をその感情のために犠牲にして小部屋の寝台で寝て私の隣には女中が寝ることになるか、あるいは若い女中が小部屋の寝台で……等々。

婦人はピエモンテ人で三十ほどであり、頬には健康そうな赤らみがある。女中は二十ばかりのリヨンの人で、この上なくきびきびと元気なフランス娘といった具合であった。いずれにせよ事の次第は非常に厄介で、先ほど旅の路上であった石が我々の行く手を塞いで、それを農夫たちが撤去している時は厄介な問題に思えたが、今の事態を鑑みれば小石のような瑣末なものに過ぎなかった。ここで付け加えねばならないのは、二人ともこの事態について思ったことを話し合うには、とても繊細な性分だということだ。

我々は夕食のために食卓に座った。サヴォイアの小さな宿が提供した葡萄酒だけだったら、我々は口を閉ざしたまま何かの必要性がない限り開こうとはしなかっただろう。しかし婦人がブルゴーニュの葡萄酒瓶を多少馬車に持っていたので、女中にいくつか持ってくるように命じた。そのため夕食が終わり、二人きりになってしまうと、心の強さが呼び起こされてお互いに話し合うだけの余裕が出てきた。少なくとも今置かれている状況に関しては。我々はあらゆる方面からこの事態について二時間かけて考察し議論した。そしてついに規約が二人の間に合意に至り、平和条約の形で締結された。そして後世へ残されたいかなる立派な条約にも増して、双方による篤い信仰と誠実さで締結された物だと私は信じる。

その条項は以下のとおりである。

一. 寝室に関する権利は殿方（私）に属する。そして暖炉の側にある寝台が一番暖かいことを鑑み、婦人の側においてそれを占有する譲歩を行うことを殿方は主張する。

婦人の側においてこれを承認。なおその寝台のカーテンは薄い透明な布で出来ていて、カーテンで寝台を隠すには布が乏しいことを鑑み、女中が大型ピンあるいは針と糸でその開口を縫い、殿方から見て十分な障壁と見做せるまで縫うこと。

二．婦人側からの要求として、殿方は一晩中絶えず部屋着のままで寝ること。

殿方はこれを拒否。なぜならば殿方は部屋着を所有しておらず、旅行鞄には六枚のシャツと黒い絹製のズボンしか持ち合わせていない。絹製のズボンという言及が本項目全体に変更を及ぼした。ズボンは部屋着に相当するものと認められたゆえ、一晩中殿方はその黒の絹製のズボンで寝ることに合意し、規定された。

三．殿方が寝台に就いて蝋燭の火を消した後、殿方は一言もその晩口にしないということが婦人によって主張された。

殿方はこれを承認。なお、殿方の祈祷文句はこの規定に反する行為とは看做されない。

この条約において挿入し忘れた点が一つあって、私と婦人がどのように服を脱ぎ、寝台に就くか、ということである。それにはただ一つだけ解決策があって、それは読者諸君の想像に任せるとしよう。だがそうはいうものの、もし読者の想像がいやらしいものであったなら、それはその想像が悪いのだ。まあそういった不満を言うのは今に始まったことではないが。

そしていざ寝台に就いて見たら、珍しい経験から七日、それとも別の何かによるのかともかくわからないが、私は寝付くことができなかった。こっちに体を向けたり、あっちに向けたりと深夜から丸一時間経つまで続けて、私の忍耐がなくなり本来の性分から逸して「ああ、神様！」と私は言った。

「条約を破りましたね、ムシュー」と婦人は言った。彼女も私同様に寝付けなかった。私は何回も謝った。しかし今のは思わず発してしまったことだと私は主張した。しかし彼女は、これは条約の完全な違反だと言って譲らなかった。私はこれが第三条の補足の部分に該当すると言ってやはり譲らなかった。

婦人は自分の主張を曲げなかったが、それ故に寝台の障壁を弱めた。というのも議論につい熱が入り、二本か三本の大型瓶がカーテンから床に落ちるのが聞こえた。

「誓って申しますが、奥様」と私は断言するように、ベッドから腕を伸ばした。

（世の礼儀作法からほんの僅かでも逸脱しようなどという気はなかったのです、と私は言い足したかった）

しかし女中が我々の間に言葉が交わされるのを聞いて、喧嘩にまで発展するのを恐れて、その小部屋からそっと抜け出し、部屋は真っ暗だったので我々の寝台へとこっそり忍び寄った。二台の寝台の僅かな空間に入り、女主人と私と一列に並んだ。

そういうわけで私が寝台から腕を伸ばしたら、私が捉えたのは女中の……。

【注】

1　原文はラテン語で、sed non, quoad hanc と表記される。

2　Guido Reni (1575-1642)：イタリアで活動したボローニャ派（Scuola bolognese di pittura）に属するイタリアの画家。ラファエロ的古典主義と称される画風をその特色とする。

3　Many a peripateric philosopher：古代ギリシアのアリストテレス（アリストテリス）と彼のリュケイオン（リキオン）等での弟子たちに代表される集団を指す。ギリシア語では περιπατητικός 等と称される。

4　The efficient cause, the final cause：アリストテレスの『自然学』及び『形而上学』における四原因説に由来する用語。作用因は主に「事物の運動変化の原因」を示し、目的因は主に「事物が存在し運動変化するその目的としての原因」を意味している。

5　原文はラテン語で、in funitum と表記される。

6　Mount Sennis：モン・スニ峠を指しているものと思われる。フランス語では Mont-Cenis と表記される。アルプス越えの際によく用いられた峠であり、アルプス山脈を挟んでフランスのサヴォワ地方とイタリアのピエモンテ地方を結ぶ。

7　Louis-d'ors：一六四〇年から一七九五年頃にかけて鋳造され、十八世紀中頃まで二十四リーヴル相当の価値を有するものとして流通した金貨。

8　TIBER：イタリア語では Tevere。イタリアで三番目に長い河であり、ローマ市内を流れていることで有名。古代ローマ時代ではティベリス川（Tiberis flumen）と呼ばれ、この川の名前がローマ皇帝ティベリウスに見られる古代ローマ時代の男性個人名「ティベリウス」や、イタリア人の個人名「ティベリオ」の由来となっている。

9 Esdras：旧約聖書のエズラ（עזרא）を意味する。エズラは旧約聖書「エズラ記」にその名の現れる、ユダヤ教の祭司である。エスドラスという表現はギリシア語の Ἔσδρας という表現に由来する。

10 Lisle：現在のフランス北部の都市、リールを指す。

11 Arras：リール近郊の都市。

12 Cambray：フランス語では Cambrai と表記される場合がほとんどである。現在のフランス北部の都市。かつてのカンブレ司教区の領地は歴史的フランドル地方に該当しネーデルラントの大部分を含んでいた。

13 Ghent：オランダ語では Gent（ヘント）、フランス語で Gant（ガン）。ベルギー王国のフランデレン地域に属する都市である。

14 オーストリア継承戦争（1740–1748）を指す。この戦争においてブリュッセルはオーストリア継承戦争の進駐を受けている。

15 旧約聖書で言及されるカナンの地の北境から南境を指す。

16 Montriul：パリ東部に位置する郊外の一地区。フランス語での綴りは Montreuil であり別称としてモントルイユ＝ス＝ボワ（Montreuil-sous-Bois）とも呼称される。次章以降モントルイユ（二）からモントルイユ（四）まで著者により英語で Montriul と表記されているが、モントルイユ（五）ではと Montrul 表記されている。しかし作中全て同じ場所で展開されており、本翻訳で Montriul も

【注】

Montrul も全てモントルイユと記す。

17 Abdera：ギリシア語では Ἄβδηρα と表記される。現在のトラキ地方のアヴディラ。原子論を唱えたことで知られる古代ギリシアの哲学者デモクリトス（Δημόκριτος／ディモクリトス）の出身地として知られる。

18 脚注一六参照。

19 本翻訳の底本の第一巻に付されたポール・ゴーリング（Paul Goring）による脚注七六では、ケイマー（Keymer）は三つ目の単語は Bougre や Foutre が入る可能性が高いと指摘している。

20 Franconia：ドイツ語では Franken。ドイツ中南部から南ドイツの北部に位置する地方の名称で、ニュルンベルクなどの都市が属する。

21 サンティアゴ・デ・コンポステーラ（Santiago de Compostela）を指す。エルサレムとバチカンと並ぶキリスト教の重要な巡礼地のひとつである。

22 原文はラテン語で、minutiae と表記される。

23 Salique：ラテン語で Lex Salica。ラテン語で記述されたフランク人サリー支族が建てたフランク王国の法典。

24 感情を司る箇所とされる。

25 St. Cecilia：ラテン語で Caecilia Romana。二世紀ごろに活躍したキリスト教の聖人であり、とりわけカトリック教会では音楽家と盲人の守護聖人である。

26 CASTALIA：ギリシア語で Κασταλία。アポロンの求愛を拒みパルナッソス山麓デルフィの泉に入水したギリシア神話の妖精。その泉の水を飲んだ者や、その静かな水音を聞いた者に詩文の才能を宿らせるとされる。

27 ポローニアスはウィリアム・シェイクスピアの戯曲『ハムレット』に登場するデンマーク王国の侍従長。ポローニアスの子供たちへの訓戒の場面は同戯曲第一幕第三場を参照。

28 Les Égarements du cœur et de l'esprit：一七三六年にパリで出版された、クロード＝プロスペル・ジョリオ・ド・クレビヨン（Claude-Prosper Jolyot de Crébillon）の記憶小説（roman mémoires）であり放埓小説（Roman libertin）。英語には一七五一年に The Wanderings of the the Heart の題名で翻訳された。

29 Rue de Guineygaude：フランス語での綴りは Rue de Guénégaud となっている。

30 スターンがフランスを旅していた一七六二年当時は七年戦争（1754-1763）の最中であった。

31 Kindle 版には画像を掲載できず、紋章に関しては小社より刊行された同翻訳の紙版の同箇所の脚注を参照されたい。

32 patès：フランス語では pâté。ペーストリー、パイ、また菓子等の意。

33 Maritinico：フランス語で Martinique。カリブ海の小アンティル諸島に属する島で、現在のフランス海外県の一つ。

34 Horwendillus：スターン著の『トリストラム・シャンディ』の第一巻十一章にも同名の人名が登場している。

35 Αἰνείας：現代の発音法ではエニアスと発音され、日本ではまたアエネアスなどとも呼称される。

ギリシア神話及びローマ神話に登場する、トロイ戦争におけるトロイ側の武将であって半神の人物であり、ローマの詩人ウェルギリウスの叙事詩『アエネイス』の主人公である。

36 Dido：『アエネイス』に登場するカルタゴの女王であり、アイネイアスに恋に落ちる。彼がカルタゴを去る時には別れを嘆いて自死してしまう。37 Bevoriskius：オランダ出身の自然学者・医師で作家のヨハン・ファン・ベーフェルウェイク（Johan van Beverwick：1594-1647）のラテン語風の名前。

38 Jan Gruter（1560-1627）：オランダの歴史家で自由主義的な思想を持った思想家。ラテン語で著述活動を行っており、ラテン語での名義は Janus Griterus。

39 Jacob Spon（1647-1685）：フランスの医師であり古代研究家。プロテスタントの信仰を有していた。生涯を通して宗教改革を擁護した。ジュネーブ市に関する書籍やギリシアやダルマティアを含む東方への旅行記を残している。

40 新約聖書使徒言行録第二章九節及び十節参照。

41 Deism：フランス語で Déisme。この宇宙の創造主としての神、或いは神的なものの実在は認めたとしても、それを聖書やクルアーンまた神話等に伝えられる個別的で人格的存在としては認めない哲学、神学上の立場。人間理性の存在を前提とし、奇跡や啓示、また預言などによるこの地上への神の介入を否定する。

42 Bourbonnais：フランス中央部に位置する、現在のアリエ県（Allier）に相当する地域。この地域の中心地がムーラン。

【注】

エピロゴス

ソクラテス：以前私が奇妙な街を旅したのは、君も知っているね。

マテーシス：はい、なんでも真理団がいるとかなんとかで、聞いただけでも確かに奇妙な街でしたね。

ソ：そうだね。それで、旅に関することなのだが。

マ：はい。

ソ：いや、何。君の旅の話も聞きたいかな、と思ってね。

マ：私の旅ですか？

ソ：そうだ。旅に行ったとは以前聞いたことがあるが、結局君はどういうところが印象に残っているのかね。

マ：そうですね。あなたほど歳をとっているわけでもないし、以前の話してくださった街に比べれば、そんなに印象に残るようなものではないですね。

ソ：まあ、聞かせてくれたまえ。

マ：いや、特に構えて話すことではないのですがね。まあ風光明媚な街で、結構建築物とか、遺跡とか、銅像とか見るべきものがかなりあるんですよ。全部一通り見終わるのに三日かかりましたね。ゆっくりと見廻りましたから、そんなにかかったというのもあるのですがね。そういったいかにもな観光名物だけでなく食事も美味しかったですね。気候もいいですし、人々も結構穏やかで、結構過ごしていて居心地はよかったです。ホテルに宿泊していたのですが、夜には外でみんな歌ったりして陽気に騒いでいましたね。自分はそういうのに加わること自体は何かいやでしたが、ただその騒ぎを聞きながら光が差し込む暗い部屋でベッドで横になるのは結構居心地よかったですね。気づいたら十日ほどそこに滞在しました。

ソ：なるほど。

マ：しかし変わったこともあるといえばありましたね。

ソ：というと、何かね。

マ：昼食をレストランでとっていたのですが、その時哲学書みたいなのを読んでいましてね。いや、別に読んでいたこと自体は何か大した目的があったというわけではないです。ただなんとなく漠然と読んでいただけでした。しかし、読んでいる時にその土地の人間が私の方にやってきて、「何読んでいるんだい」って尋ねて来ました。結構それはその土地では普通のことみたいですね、全然知らない人に声をかけるなんて。

ソ：ふーむ、なるほどね。

マ：それで、これこれこういう哲学に関する書物で、結構有名な書物です。あなたはご存知ですか、と私は尋ねました。

ソ：それで？

マ：すると、相手の方もその作品を知っている、それは人としての生き方や人生について哲学した作品だよね、と私に聞いてきて、ええその通りですよ、よくご存知ですね、と私は答えました。それに対して相手は、いや私たちの国でも哲学を含む有名な古典は大きな本屋なら並んでいるのでね、私のように読む人は読むよ、と言いました。それに対してやはり哲学者の端くれの私としては同志としての親近感を持ちました。それで最初はこの見知らぬ相手に対して警戒心を抱いていましたが、哲学にある程度は造詣が深いと見てそれも薄らぎました。それで頼んでいた食事も机の上に置かれ、話しながら楽しい時間を過ごしました。凄まじく哲学に詳しいとかではないですが、ある種の魅力がその人にはありました。それで話をある程度終えたあたりで、ここの国というのはとても明るいですね。気候も基本穏やかで、食事も味が濃いのが多く、建築物も明るさを象徴したような色合いのものが多い。何よりも、夜頻繁に人が外に出て歌ったり騒いだりしているので陽気な人々が多いですね、と言いました。しかしすると、相手の顔はどこか陰が差すような気がしました。とはいっても基本は明るい表情をしてはいますがね。そしてこのように言いました。「確かに表面上は明るいね。しかし君は異国の身だから知らないのだろう。この国もこの国で様々な問題が抱えている。特に最近は隣国の国境問題に関して戦争が危惧されているような状態さ。それに仕事もなかなか見当たらなくてね。確かにまあ相対的にいえば国民は明るいのだろう、しかしまああんなのは半分以上演技さ。よく古典の箴言とかで出てくる、仮面を被る行為なのさ。まあああやって夜馬鹿みたいに踊って騒いで、自分でもよく演技しているのに気づかないのだろうね。というか自分自身に対して演技しているのだろうね。とにかく表面的なところに惑わされてはダメだよ。君の故郷だってそうなのじゃないかな。君の故郷だって君自身色々な問題を日々目にするだろう？　だがそこに旅した仮初の住民にとっては、まあ料理も美味しくてみんな愛想がいい、という具合にまあその土地を褒め称えるだろう。おんなじことさ」。そう言ったのでした。それでまあ私はできるだけで表情を変えないようにはしていました。そしてその後も会話はしばらく続きましたが、以前のような楽しさは感じられませんでした。最後、その人はここの店が晩御飯でおすすめだよ、と言って私たちは別れました。

ソ：なるほどね。

マ：その後に、もう二日私は滞在しました。しかしまあどこか心にしこりがありましたね。そしてその街を去りました。それ以来私はその土地に足を今のところ再度踏み入れていません。

ソ：嫌いになったと？

マ：いえ、嫌いになったわけではありません。でもやはり何か行くのを阻むものがあります。といってもその人の言ったことは決してその街に該当するものではなく、世界中どこの街にも当てはまることなのでしょう。だからそこの街にだけ行かないというのはなんか不公平ではありますね。いつかはもう一度そこに行きたいと思います。しかし、それがいつになるかはわかりません。

ソ：ふーむ。

訳者紹介
高橋 昌久（たかはし・まさひさ）
哲学者。
Twitter: @mathesisu

カバーデザイン　川端 美幸（かわばた・みゆき）
e-mail: bacxh0827.miyukinp@gmail.com

センチメンタル・ジャーニー

2023年6月18日　第1刷発行

著　者　ローレンス・スターン
訳　者　高橋昌久
発行人　大杉　剛
発行所　株式会社 風詠社
〒553-0001 大阪市福島区海老江 5-2-2
大拓ビル 5 - 7 階
Tel 06（6136）8657　https://fueisha.com/
発売元　株式会社 星雲社
（共同出版社・流通責任出版社）
〒112-0005 東京都文京区水道 1-3-30
Tel 03（3868）3275
印刷・製本　小野高速印刷株式会社

ISBN978-4-434-32135-1 C0098